재조일본인 잡지가 그린 식민지와 범죄

어둠의 경성

이 저서는 2007년 정부(교육과학기술부)의 재원으로 한국연구재단의 지원을 받아
수행된 연구임(NRF-2007-362-A00019).

재조일본인 잡지가 그린 식민지와 범죄

어둠의 경성

이선윤·신주혜 편역

역락

머리말

범죄 문학은 폭력에 대한 공포를 배경으로 성립되었다. 이때 폭력은 범죄 자체를 의미할 뿐만 아니라, 개인의 신체를 구속하거나 죽음에까지 이르게 할 수 있는 근대적 법치국가의 통치 권력을 의미한다. 죽음을 야기하는 폭력과 살인에 대한 주목은 근대 이전 일본 사회에서도 발견된다. 원한과 복수를 야기하는 파국적 스캔들로서의 죽음은 일본어 문학 및 전통예능에서 즐겨 다룬 소재였는데, 이 경우 충(忠), 의(義) 등의 가치 개념 위반을 징벌하는 장치로서의 죽음이 등장하여 독자나 관객의 심정적 동조를 불러일으켰다. 그 후 근대적 미디어의 발달과 함께 신문 잡지 연재물은 독자의 시선을 끄는 자극적인 내용을 추구하게 되었고 범죄 실화는 19세기 중후반 이후 일본 대중신문의 인기를 뒷받침하기도 했다.

범죄 문학은 근대법의 정립과 밀접한 관련을 가진다. 이른 시기에 근대적 법체계가 확립된 영국에서는 18세기에서 19세기 초반, 범죄자 전기물이 인기를 끌었으며, 1840년대 이후 추리소설이 등장했다.

랑시에르는 사회 안에 위치와 위계를 분배하는 것, 즉 '분할'을 통해 사회 질서를 유지하는 것을 '치안'(police)이라고 불렀다. 치안은 체제를 유지하기 위한 통치 활동이다. 일제강점기의 조선은 일본의 식민통치 시스템에 대한 동조자와 비동조자의 분할 위에 성립된 치안 국가였다. 식민지기 범죄 담론은 이러한 통치 기술과 연동하고 있었다. 푸코의 지적처럼 범죄 문학은 통치 이데올로기적 기능을 수행한다. 조선에서 발행된 일본어 미디어에 등장하는 범죄 실화 소설 및 범죄 관련 기사에는, 제국주의 일본에 의해 식민지에서 운용되고 있었던 근대적 법체계에 대한 사회적 심리와, 통치술로서의 치안을 강조하고자 하는 프로파간다성이 동시에 드러난다.

일제 식민통치는 철저하게 '말하는 자', '관찰하는 자'로서의 유럽인과 '침묵하는 자', '피관찰자'로서의 비유럽인을 가르는 심연의 경계를 따라 구성되고 재구성되는 오리엔탈리즘의 도식을 따르고 있었다. 일본 제국주의는 서구 열강의 제국주의적 지배방식을 모방하면서 '계몽'과 '해방'이라는 이름으로 사실은 '억압'과 '차별화'라는 메커니즘을 따르고 있었던 것이다. 특히 범죄 관련 기사에는 '조선인이라면 모두 불량성을 띠고 있는 것처럼 생각되는 것도 어쩔 수 없는 일이다.'와 같이 '조선의 기질' 자체에 대한 폄하 의견을 발견할 수 있다. 또 '조선의 범죄율은 외국은 물론 일본보다 높다. 이는 조선의 생활이 원시적 생활에 고착되어 있어 신시대의 문화에 대응할 수 없음에 기인하는 것이다.'와 같이 조선을 '미개(未開)' 상태로 규정하여 '미개'한 조선이 '문명화 된' 일본의 지배를 받는 것이 타당하다는 논리의 근거로 삼고자 했던 것을 알 수 있다. 또한 '재조일본인'의 범죄율은 조선인의 범죄율보다 높다는 사실이 지적되는 등, 조선으로의 이주자에 대한 경시의 시선이 드러나기도 한다.

한국의 경우 2000년을 전후하여 '이중어 글쓰기'에 대한 관심이 커짐과 동시에 일본인들이 한반도에서 창작한 연구가 활발하게 진행되고 있다. 그러나 이러한 연구의 주된 관심은 주로 지식층, 혹은 지배계층에 경도되어 있다고 해도 과언은 아닐 것이다. 하지만 실제로 『조선공론』, 『조선 및 만주』 등의 잡지에는 경성 소재의 직업소개소 및 노동자 숙박소, 모르핀굴, 고아원, 가출소녀, 불량 청소년, 부랑자 및 거지들의 생활상에 대한 기사, 한반도에서 일어난 범죄를 다룬 기사들이 다수 실려 있다.

이에 본 번역서 『어둠의 경성』은 식민지기 경성에서 발행된 일본어 잡지 『조선 및 만주』에 실린 범죄 관련 소설 및 르포, 관련 기사를 다루었다. 본서에 수록된 작품의 발표 시기는 1910

년대 말에서 1930년대 중후반까지로, 한반도에서 김내성 등에 의해 본격적 일본어 추리소설이 등장하여 탐정 소설이 주목받게 되는 1930년대 이전 범죄 실화 소설의 발굴 및 소개라는 의의도 갖는다.

본서에는 총 열두 개의 글이 수록되어 있는데, 그중 다섯 작품은 창작 혹은 르포의 형식을 취하고 있으며 나머지는 기사의 형식을 취하고 있다.

남편을 죽인 아내, 자신의 아이를 죽인 여자, 인신 매매범, 모르핀 중독자, 아편 중독자, 도쿄에서 경성으로 가출한 소녀, 아무렇지도 않게 악행을 일삼는 불량 소녀단. 제국 일본의 시선은 식민지의 민중을 저급한 존재로 대상화하고, 제국의 언론을 장식한 남성 필자들은 파란만장한 삶이나 스캔들에 휘말리는 여성의 이야기를 그리면서 그녀들 개인의 탈선 및 몰락으로 사건을 귀결 짓는다. 이러한 작품 속에서 가부장적 사회구조와 모순은 '법치'를 수행하는 형사의 비웃음에 덮여버린다.

구조적 폭력에 대한 경각심이 아니라 '젊은 여성들'의 '환락'과 '허식'에 대한 비난이 각 글의 말미를 장식하고 있는 것이다. 본서에서 소개하고 있는 식민지기 일본어 잡지의 범죄담론은, 범죄의 원인을 사회 구조와 연관시키는 것은 '옳지' 않다고 단언한다. 그리고 마르크스주의자의 예를 들면서 범죄와 사회를 관련시키는 시각을 '반체제적'인 것으로 위치 짓는다.

본서에 수록된 글들은 제국의 수도 도쿄와 경성, 그리고 중국 대륙 등을 배경으로 당시 경성의 미디어가 포착한 식민지기의 범죄를 향한 시선을 그리고 있다. 이를 통해 지금으로부터 약 100년 전, 어둠의 경성을 엿볼 수 있기를 기대한다.

2015년 6월

이선윤, 신주혜

차 례

머리말 5

‖ 창작 및 르포 ‖

〈소설〉 살인범의 어머니 13

〈탐방사실〉 불량소녀단의 소굴
—사회부 기자의 염마장(閻魔帳)에서 29

〈탐방사실〉 불량소녀단의 소굴 2
—사회부 기자의 염마장(閻魔帳)에서 45

오십 엔 받은 가출 소녀 61

대륙을 떠도는 가련한 여성 73

‖ 범죄 관련 기사 ‖

조선에 있어서의 범죄 상황
　　－내선인 범죄의 내역 / 범죄증가의 추세 / 범죄의 변천　95

영하의 날씨에도 온기조차 없는 서대문감옥 참관기
　　－조선인들로만 가득한 감옥　103

조선범죄 만필(1)　111

조선범죄 만필(2)　125

모르핀 환자　141

최근의 조선 범죄사　151

<거리에서 듣는> 최근 경성 시내에서 일어난 엽기적 범죄들　161

‖ 창작 및 르포 ‖

〈소설〉
살인범의 어머니

이와나미 구시지(岩波櫛二)

늦은 밤 두시 경이었다.

어두운 우에노(上野) 숲을 등지고 있는 혼고(本鄕) 네즈(根津) 가타마치(片町) 골목길에 자동차 한 대가 갑자기 나타나서는 조용히 멈췄다.

그것은 어둠이 응축된 마물(魔物)과도 같았다. 눈부시도록 하얗게 빛나는 두 줄기의 빛은 마치 그 마물의 눈처럼 보였고, 빨간 미등은 기이하게 빛나는 꼬리 같았다. 하지만 인가의 불빛도 거의 없는 근처 뒷골목은 이런 일에는 아무런 관심도 없이 여전히 깊고 깊은 잠에 빠져 있었다. 어머니의 품에 안긴 아기처럼 쌔근쌔근 평온하게 밤의 장막에 둘러싸인 채로. 운전수는 핸들에서 손을 떼고 가볍게 몸을 비틀어 운전석에서 뛰어 내려왔다. 그리고 승객이

내릴 수 있도록 차 문을 훽 열었다. 그러자 일제히 여러 개의 빛나는 눈이 바깥의 어둠을 꿰뚫어 보았다.

잠시 후 네 개의 검은 그림자가 그 밤의 장막을 걷어 올리듯 자동차에서 내려왔다. 두 그림자는 곧 어둠 속으로 자취를 감췄다. 다른 둘은 조용히 잠든 집들에 작은 불빛을 비춰보고 문패의 글자를 읽으면서 23번지의 좁은 골목 안으로 깊이 들어갔다.

작은 도랑을 건너 오른쪽에 있는 나가야(長屋. 칸을 막아서 여러 가구가 살 수 있도록 만든 긴 형태의 건물)를 지나 나오는 막다른 길의 이층집 앞에 도착한 두 개의 검은 그림자는 잠시 멈춰서더니 아무 말 없이 서로 바라보았다. 그리고는 다시 왼쪽의 세 채가 연결된 나가야 쪽으로 발소리를 낮춘 채 들어갔다. 그리고 가장 안쪽 격자문 앞으로 갔을 때 그 문패에 빨려들 듯이 멈춰 서서, 몇 번이나 반짝 반짝 회중전등을 비췄다.

두 개의 검은 그림자는 오 분 정도 집 안의 상황을 살펴보는 듯 했다. 그리고 나서 작지만 힘 있는 목소리로 그 집 사람을 깨웠다. 집 안에서 노파인 듯 보이는 그림자가 하나 어두운 현관에 나타나 두 사람을 보고 뭔가 한두 마디를 주고받은 뒤에 격자문을 열었다.

골목 안은 다시 이십 분 정도 동안 밤의 정적 속으로 되돌아갔다.

두 개의 검은 그림자가 그 집에서 나왔을 때, 한 사람은 옆구리에 작은 상자 같은 것을 하나 끼고 있었다. 둘은 주위의 기척을 살피면서 자동차 쪽으로 서둘러 다가갔다. 거기에는 또 다른 두 개의 검은 그림자가 기다리고 있었다. 그들은 무언가를 서로에게 보여주고 이를 확인하고 나서, 상자를 가진 두 사람이 차에 올랐다. 차는 어딘가를 향해 맹렬한 기세로 어둠을 뚫고 달려갔다. 또 다른 두 검은 그림자도 어둠 속으로 자취를 감췄다.

그리고는 다시 긴 밤의 정적이 흘렀다.

단지 바람에 흩날리는 먼지가 소용돌이치며 골목에서 골목으로 춤추듯이 맴돌고 있을 뿐이었다. 바람이 문에 부딪혀 빗방울 같은 소리가 들렸고, 제대로 끼워지지 않은 널빤지 문도 그때마다 끼익 끼익, 삐걱이는 소리를 냈다. 하지만 사람들의 평온한 잠을 방해할 정도는 아니었다.

그리고 몇 시간 후, 동쪽 하늘이 뿌옇게 밝아오며 우에노 숲이 점차 검은 옷을 벗기 시작한 아침 여섯 시 경이었다. 한 청년이 총총걸음으로 이 골목에 나타났다. 지친 듯이 축 고개를 떨구고 높이 세운 외투 깃 속 깊이 턱을 파묻고 중절모가 뒤로 젖혀진 것도 모른 채 쭈뼛거리다가, 아까 두 남자가 방문했던 집으로 휙 들어갔다. 그 뒤에서 이 청년의 뒤를 계속 따라 온 듯한 두 남자가 나타났다. 두 사람은 그 집 앞에 서서 낮은 소리로 속삭이며 집 앞의 기척을 살피고 있었다.

두 사람은 약 십오 분 정도 이렇게 집 앞을 어슬렁거리다가 옷매무새를 다시 가다듬었다. 그리고는 정중하게 안내를 청하더니, 안에서 아무 대답이 없는데도 집안으로 돌진했다.

어둠은 시시각각 엷은 검은빛 옷을 벗었다.

바람은 어느새 잦아들고 겨울 아침의 찬 공기가 새로운 대지를 점령했다. 대지에는 흰 서리가 내려 있었다.

그 집의 격자문이 드르륵 하고 거칠게 열리자, 갈색 외투를 입은 청년이 양팔을 가슴 부위에 올리고 금테 안경 아래로 힘없이 시선을 내린 채, 마치 떠밀리듯이 굴러 나왔다. 그리고 두 남자가 의기양양하게 그의 뒤를 쫓아 나왔다.

육십이 넘어 보이는 노파가 덜덜 떨며 그 뒤를 따라 나왔다. 세 사람의 모습이 골목으로 사라져도 계속 격자문을 부여잡은 채 그들이 가버린 곳을 바라보고 있는 여위고 쇠약한 노파의 얼굴은 놀라움과 공포와 슬픔이 섞인 복잡한 표정으로, 금방이라도 실신할 듯했다. 힘없이 가물거리는 눈에서는 어느 틈엔가 주르르 눈물이 흘러나왔다. 이가 빠진 힘없는 입술은 오들오들 떨리며 끊임없이 무언가 중얼거리는 듯했다.

그래도 아직 이 뒷골목은 잠에서 깨어나지 않았다. 큰길 쪽에서는 전철의 소음이나 행인들의 발걸음이 점점 더 분주해져 가는 소리가 들려왔다.

*　　　　　　*　　　　　　*

그리고 다시 서너 시간이 지난 후의 일이었다.

갈색 모자를 옆으로 쓰고 양손을 깊이 외투 포켓에 찔러 넣은 키 작은 남자가 다시 이 뒷거리 집들의 문패를 하나하나 확인하고 있었다. 그리고 네즈 가타마치 23번지 아오야기 나오키치(青柳直吉)라고 쓴, 예의 그 나가야 중 가장 안쪽 집 앞으로 갔다. 그는 포켓에서 작은 종이쪽지를 꺼내 문패 이름과 그 종이쪽지를 비교해보고는 "실례합니다."라고 말하면서 안의 기척을 살폈다. 안에서는 아무 대답도 없었다.

"실례합니다, 잠시 들어가겠습니다."

그는 그렇게 말하면서 격자문에 손을 올렸다. 격자문은 그냥 열렸다. 그러나 그는 안으로 들어가려 하지는 않고, 귀를 기울이며 인기척을 기다리는 듯했다. 하지만 여러 번 불러도 사람은 나오지 않았다. 그는 소리가 나지 않도록 조심스럽게 격자문을 닫고서 당황스러운 듯 주위를 둘러보았다.

그리고 수돗물을 받고 있는 부인 앞으로 다가갔다. "잠시 여쭙겠습니다. 저기 아오야기 씨는 여기 이사 오신 지 얼마나 되셨나요?"

그는 질문하면서 모자를 벗고 머리를 조금 숙였다.

"글쎄요, 벌써 삼 년 쯤 됐지요." 그녀는 수도꼭지를 잡은 채 돌아보았다.

"저기, 가족은 많은가요? 아이들은 있나요?"

"아니요, 할머니하고 두 사람뿐이에요."

"아, 그럼 아오야기 씨는 아직 독신이네요. 그럼 나이는 몇 살 정도 되었나요?"

"아마 스물 일고여덟 살 정도 되었을까요…… 그런데 누구시죠?"

"아, 실례했습니다. 실은 신문사에서 나왔습니다. 이런 사람입니다만, 아오야기 씨에 대해서 좀 여쭤보고 싶어서요."

그는 명함을 꺼내어 이렇게 말하면서 상대의 감정을 누그러뜨리려 생글생글 웃어보였다.

"무슨 일이신지 잘 모르겠네요."

"아직 잘 모르시겠지만 어젯밤에 살인사건이 있었는데 아오야기 씨가 살인 혐의로 오늘 아침에 검거되었습니다."

"아니, 아오야기 씨가요? 그런 말도 안되는 일이…… 정말인가요?"

"정말입니다. 어젯밤에 스루가다이(駿河台)의 유령고개(幽霊坂)에서 목욕탕에 들렀다가 집으로 돌아가던 여자가 살해되었는데, 그 여자를 죽였다는 혐의입니다."

"어머나, 이상하네요, 세상에……"

"아오야기 씨는 어디서 일하나요?"

"전기국(電氣局)이에요."

"그렇군요. 대략 견실한 분인가요, 방탕한 편인가요?"

"그야, 견실하다마다요. 이 동네에서는 아주 평판이 좋은 사람인데요. 벌써 십년 째 전기국에 근무하고 있고 효자에다가, 그런 나쁜 일을 할 만한 사람이 아니에요."

"그렇습니까? 요즘 결혼할 사람이 있다든가 하는 얘기도 없었나요?"

"아뇨, 전혀 못들었어요."

"그럼, 여자가 놀러온다든가, 자기가 여자한테 놀러간다든가 하는 얘기는요?"

"여기 계시기 전 일은 모르지만 그런 얘기는 전혀 들은 적이 없네요."

"제가 경찰서에서 들었는데 살해당한 여자한테는 내연남이 있었다고 하던데요……"

*　　　　　*　　　　　*

그때, 한 노파가 살금살금 주위 시선을 피하는 듯이 골목으로 들어왔다. 그리고 아까 그 집 안으로 사라졌다. 두 사람은 재빨리 이를 발견하고 서로를 바라보았다. 신문기자는 알 수 없는 미소를 띠며 부인에게 인사를 하고는 뚜벅뚜벅 그 집 쪽으로 향했다. 두 사람의 주위는 어느 틈엔가 두세 명의 부인들로 둘러싸여 있었다.

*　　　　　*　　　　　*

"그렇게 떠들 일은 아닙니다. 조용히 해주세요, 조용히. 동네 사람들이 들으면 곤란해서요……"

노파는, 꾸짖는 듯 작은 소리로 신문기자를 타이르고 긴 화로 건너편에 앉았다. 화로 위에 올린 손은 계속 떨리고 있었다. 노파 뒤에는 불단이 있었고, 화로 옆에는 신문이 한 장 떨어져 있었다.

그곳은 한 사람이 겨우 설 수 있을 정도의 현관 바로 앞에 있는 다다미 세 장 정도 되는 작은 방이었다. 신문기자는 불편해 보이는 자세로 양복을 입은 팔을 굽힌 채 비스듬히 노파 쪽을 향해 앉아 있었다. 무릎 위에는 이미 수첩이 올려져 있고 연필을 쥔 손이 그 위에 있었다.

신문기자는 "참, 뭐라 말씀드리기가 어려운 일인데……"라고 말꼬리를 흐리며 노파의 안색을 살폈다. "저 그러니까, 전기국에서는 오래 근무하셨나요?"

"예, 열세 살 때부터예요. 아직 회사였을 때부터요." 노파의 가물거리는 눈은 겁에 질린 듯 불안해보였고, 목소리도 힘없는 턱과 떨림 때문에 겨우 들릴 정도였다.

"올해 몇 살이었지요?" 그런 건 전혀 상관없다는 듯 신문기자는 계속해서 질문을 이어갔다. 바로 지금 수돗가에서 듣고 온 이야기를 먹이 삼아서.

"아하, 그럼 벌써 십팔 년이나 근무하고 계시는군요. 그래서 아직 독신이었나요?"

"그것도 말이지요, 빨리 장가를 보내주고 싶었는데. 올해 서른이 되니 장가를 가는 게 어떻겠냐고 물었더니 신부로 맞이한다면 오토시(おとし)가 좋겠다고 하더라구요. 동갑이라 안 좋을 것 같기도 했지만, 본인이 좋다니 괜찮겠지, 하고 생각했지요."

"오토시. 그 여자 분이 서른 살 동갑이었군요, 이전부터 알고 지내던 분이었고."

"네, 벌써 한 십 년 전부터지요. 오토시는 전기국의 티켓 담당부서 쪽에 나가고 있었으니까."

"아, 그렇습니까. 십 년 전부터."

"전혀 모르는 사이보다는 좋겠다고 생각했지요. 그래서 빨리 맺어주고 싶어서 가타야마(片山) 씨 쪽에 말을 건넸습니다."

"가타야마라는 분은?"

"오토시 어머니예요."

"여자 쪽도 홀어머니였나요?"

"네, 저쪽도 홀어머니에 외동딸로, 오토시가 일한 돈을 얼마씩 집안에 보탰지요."

"그 댁은 어디인가요?"

"후카가와(深川)의 와쿠라초(和倉町)에 있어요. 아, 번지는 23번지지요."

"23번지…… 그럼 그쪽에서도 승낙하신 거지요?"

"네. 글쎄, 나오키치(直吉)는 저한테 비밀로 매달 팔 원씩을 그쪽 어머니에게 송금을 했다고 하니까요."

"아, 그렇습니까"(신문기자는 건성으로 대답하면서 무릎 위에서 열심히 연필로 적어나갔다.)

"하지만 그것도 지금 생각해보면, 그쪽 어머니 손에 제대로 전

해졌는지, 오토시의 지금 남자에게 준 건지 알 수는 없지요.”

“지금 남자라는 건?”

“오토시는 나카사루가쿠초(中猿樂町)의 쌀집 이 층에 기쿠노(菊野)인가 뭔가 하는 순사와 살림을 차렸던 거예요.”

“아니 그럼 말하자면 여자 쪽이 먼저 마음이 변한 거였군요.”

“그런 건, 뭐 전혀…… 저도 그 아이도 몰랐으니까요. 그 아이는 오토시와 결혼하고 싶다는 생각으로 장가갈 때의 비용이라고 하면서 백칠십 엔 정도 저금도 했었지요.”

“백칠십 엔……”(신문기자는 무심코 큰 소리를 냈다.)

“그걸 이삼 일 전에 알게 되어서 우리 애도 크게 상심을 했는데, 어젯밤에 사무실에서 돌아와서는, ‘나도 생각이 있어. 지금 가서 담판을 짓고 올게’ 하고 나가서는 이렇게 된 겁니다.”

“그럼 생각이 있다고 하면서 나갔을 때 이미 그런 각오였던 거군요.”

“지금 생각해보면 그랬던 것 같아요.”

“그런데, 사진은 없었나요?” 신문기자는 중요한 용건을 잊고 있었다는 듯, 갑자기 얼굴을 들었다.

“아, 사진이요? 사진은 오늘 아침 제일 먼저 온 형사님이 곧 돌려주겠다면서 상자채로 가져가 버려서요……”

"형사가?"

"얼굴을 모르면 찾기 힘드니 그랬겠지요."

노파는 얘기하는 도중에도 때때로 눈물을 닦기도 했으나 그때까지는 이 사건이 자신의 아들 일이라는 것을 아직 믿지 못하는 눈치였다. 그런데 이때 갑자기 화로 위로 쓰러지듯 몸을 굽히고 머리를 흔들면서 엉엉 울기 시작했다. 신문기자는 뭐라고 위로의 말을 건네야 해야 할지 몰라 우물쭈물 하다가, 재빨리 수첩과 연필을 주머니에 챙겨 넣으며 돌아갈 준비를 하기 시작했다.

"저기, 우리 아이는 언제 돌아올까요?" 노파가 겨우 이렇게 말하고 얼굴을 들었을 때, 그 얼굴은 굳어 있었고 눈물이 빛나는 가물거리는 눈에는 움직임이 없었다. 그리고 이가 빠진 입은 일그러져 있었다.

"글쎄요."

"그 녀석이 없으면 저는 내일부터 밥도 먹을 수 없어요. 그런데 이 년, 삼 년이 지나도 돌아오지 않는다면…… 저는 그 아이와 같이 감옥에 들어가는 게 나아요. 아들이 돌아오지 않으면 누가 저를 먹여 살리겠어요. 경찰에서, 경찰에서…… 저를, 저를 어떻게 해주겠어요? 차라리 같이 감옥에 넣어주면 안 될까요?"

"뭐라고 말씀을 드려야 할지, 정말 드릴 말씀이 없습니다. 하지만 너무 걱정하시지 않는 게…… 그럼 저는 이제 가보겠습니다. 많이 힘드시겠어요."

"우리 아이는 사형이 될까요? 이봐요, 네? 사형이?"

"글쎄, 그런 일은 없을 겁니다. 절대 그런 일은"

신문기자는 대답을 대강 마치고, 허둥지둥 장지문을 열어 구두를 신고는 외투를 품에 안은 채로 도망치듯 밖으로 나왔다. 그러자 문 앞에 모여 있던 근처의 주부들은 이 모습에 당황한 듯이 양쪽으로 흩어졌다.

신문기자는 그 추태는 쳐다보지도 않고, 전찻길 쪽으로 서둘러 달려갔다. 그는 사건의 내용을 상당히 적확하게 알아냈다는 만족감에 미소까지 띠면서 저 노파가 내일부터 어떻게 살아갈지 따위는 생각도 하지 못하는 듯했다.

홀로 남겨진 노파는, 잠시 입 안에서 뭔가 중얼중얼 웅얼거리고 있었다. 그리고 문득 무언가 생각 난 듯 얼굴을 들어 그 가물가물한 눈으로 하늘을 쳐다보았다. 그 얼굴은 누구도 지금까지 이 노파에게서 발견하지 못한, 잔인한 표정이었다.

*　　　　　　*　　　　　　*

*『朝鮮及滿州』 第137号, 1918.11

‖ 창작 및 르포 ‖

〈탐방사실〉 불량소녀단의 소굴

—사회부 기자의 염마장(閻魔帳)*에서—

호쿠로노히토(ホクロの人)

* 염마장(閻魔帳) : 염라대왕이 죽은 사람이 살아 있는 동안에 지은 죄상을 적어 놓는다는 공책

추울 때에는 시내 각지의 활동사진 상설관, 조금 따뜻해지면 남산, 한양의 서쪽 공원, 멀게는 장충단이나, 한강 강변에까지 출몰하여, 남자를 유혹하고 다니며, 어쩌면 창부조차도 얼굴을 붉힐지도 모르는 추한 행동을 아무렇지도 않게 하면서 독니를 갈고 있는 어린 불량소녀들이 최근 경성에 서식한다는 사실은 이전부터 들어왔다. 우연히 생각지도 못한 힌트에서, 그 불량소녀들은 무시무시한 집단을 형성하고 심지어 그 배후에는 불량배가 자리 잡고 교묘하게 단원들을 조종하거나 처자 있는 관리를 데리고 와서 금품을 털거나 위세 있는 집안의 자제와 정을 통하게 하여 '내 딸에게 흠집을 냈다'고 뻔한 대사를 하면서 합의금을 강요하는 등, 갖가지 악랄한 수법을 실행하고 있다는 사실을 알게 되었다. 또한 한

편으로 그 불량소녀단원들은 서로 실오라기 하나 걸치지 않은 나체 사진을 촬영하여 갑은 을, 병, 정에게, 라는 식으로 서로 자기 이외의 다른 사람의 나체 사진을 교환 분배하여, 각자가 무단으로 탈퇴할 수 없도록 하는 규정을 만들어 단원의 결속을 굳건하게 하고 있다고 한다. 이와 동시에 그들이 널리 각 방면을 향해 독니를 드러내고 있는 것을 탐지하여, 나는 사십여 일에 걸쳐 겨우 그들의 소굴에 접근했는데, 불행하게도 도중에 그 목적을 간파당하여 마지막으로 도끼를 휘두르기도 전에 쓰러질 뻔했다. 먼저 최근 조선에서 새롭게 들은 탐방 사실담으로서 일부 가정에 참고가 된다면 필자도 기쁠 것이다.

“어느 관청의 모 과장은 처자가 있는데도 불구하고 같은 직장에 근무하는 여직원을 건드렸다. 그 사실이 최근에 알려져 문제가 될 뻔 했는데 적지 않은 돈을 주고서 조용히 덮을 수 있었다.”

“혼마치(本町. 지금의 충무로)에 있는 모 큰 상점의 차남은 활동사진관에서 만나 알게 된 한 아가씨와 사랑하는 사이가 되었는데 곧 그 아가씨의 부모가 가게로 들이닥쳐서 소란을 피워 삼백 원의 위자료를 빼앗기고 헤어졌다.”

“모 관청의 여사무원 모씨가 뇌빈혈을 일으켜 길에서 쓰러져 지나가던 행인이 달려가 도와주었는데, 품에서 떨어뜨린 지갑 안에서 적나라한 춘화 몇 장이 나왔다."

"모 은행의 여급사는 집으로 돌아가는 길에 전차 안에서 지갑 속 표를 꺼내려는 찰나, 보기에도 낯 뜨거운 여자의 나체 사진을 떨어뜨렸다."

이런 소문이 빈번하게 세상에 퍼지면서 한편으로 각 신문 사회면 기사를 떠들썩하게 장식했던 것은 올해 초여름 일이었다. 여기저기서 귀에 들어오는 소문의 상대는 십육칠 세의 어린 아가씨들이었는데, 개중에는 상당히 좋은 환경의 가정에서 자라 높은 교육수준을 가진 자녀도 찾아볼 수 있었다. 나는 강한 호기심에 끌려 그 소문에 오르내리는 소녀들의 근거지를 밝히려고 상당한 탐색을 했지만, 불행하게도 당시 이렇다 할 만한 구체적인 자료를 얻지 못했다. 그러다가 올해 9월경 한 복잡한 사건 조사에 착수하여 며칠간 거의 밤낮없이 탐문수사를 계속하던 중에 우연히 아오바초(青葉町. 현재의 용산 청파동)의 철교 아래를 걷다가 무심코 발 끝에 채인 한 통의 편지 속에서 생각지도 못했던 것을 발견했다. 그것은 열일곱 살 정도의 살집이 좋아 보이는 여성의 나체 사진이었다.

사진은 머리를 칠대 삼 정도로 왼쪽에 가리마를 낸 풋풋한 처녀가 책상 앞에 알몸으로 구부정하게 앉아 있는 저급한 것이었다. 게다가 그 처녀는 결코 그런 종류에 사진에 나오는 윤락형 여성으로 보이지 않았으며 칠 부 정도 비스듬하게 정면을 바라보는 얼굴, 마음을 숨긴 듯한 두 눈, 기다란 두 손으로 안듯이 누르고 있는 가슴 부위 등의 모든 것에서 풋풋한 처녀다운 광채를 발하고 있었다. 그래서 나는 사진을 보자마자 한눈에, 이 사진을 결코 그런 사회에서 밀매되고 있는 사진이 아니라는 것을 간파함과 동시에 마음속 한 편을 가득 채우고 있었던 불량소녀단의 이야기를 바로 떠올렸다.

그 다음날부터 나는 거의 매일 밤 부(府) 안의 활동상설관 한 구석에 진을 치고 사진에서 본 나체화 속 여자를 발견하기 위해 노력했다. 사흘, 닷새, 열흘. 여러 날 밤이 지나갔지만 그 사진과 비슷한 여자는 내 앞에 나타나지 않았다. 나는 거의 자포자기 상태가 되어 하룻밤 안에 몇 관을 여러 번씩 돌아다녔다.

딱 십사일 째 밤이었다. 황금관 계단 왼쪽 구석에서 지겹도록 본 사진을 소중한 듯이 보면서 피로에 지친 반 개월의 추억을 떠올리고 있던 내 앞에 한 쌍의 젊은 남녀가 앉아 있었다. 그들은 관객들이 박수와 갈채 속에 열광하고 있는 영화에는 관심도 없이 은밀하게 이야기를 나누고 있었는데, 그러다 두 사람은 갑자기 무슨 생각이라도 난 듯 벌떡 일어나 밖으로 나가려고 했다. 나도 이끌리듯이 그 남녀를 따라 영화관을 나왔는데 그들은 이런 사실은 모른 채 어두운 밤길을 따라 고가네마치(黃金町. 현재의 을지로) 쪽으로 걸어 나갔다. 동척(東拓. 동양척식주식회사) 앞을 왼쪽으로 꺾어, 다시 거래소 뒤의 어두운 공터에 오랫동안 서 있다가 메이지초(明治町. 지금의 명동)의 모퉁이에서 오른쪽과 왼쪽으로 헤어졌는데, 여자는 전찻길을 따라 밝은 혼마치로 나와 여기저기 진열된 장식에 발걸음을 멈추면서 2초메의 카페 에비스 앞까지 왔을 때, 남산초에서 급한 발걸음으로 내려온 동년배의 아가씨와 딱 마주쳤다.

"Y 씨, 어디 가요?" 상대편 아가씨가 말을 걸자 여자는 멈춰 섰다.

"어머, K씨. 그쪽이야 말로 지금 어디서 오는 길이에요?"

K라고 불린 여자는 웃으면서 인파를 피해 에비스의 창문 아래로 Y를 다시 데려와서 뭔가 높은 목소리로 장난치고, Y의 어깨를 치기도 하면서 이야기를 나누었다. 나카무라(中村) 씨 댁의 벽돌담 끝에서 가만히 그 상황을 주목하고 있는 나의 가슴은 흥분되기 시작했다.

K라는 여자…… 에비스의 전등을 등지고 웃고 장난치는 그 아가씨야말로 말할 것도 없이 나체 사진의 주인공이었다. 내가 십여

일 동안이나 찾아다닌 그 아가씨는 위에서 봐도 옆에서 봐도 K임에 틀림없었다. 두 사람은 긴 시간 동안 뭔가 이야기를 나눈 후에 어깨를 나란히 걷기 시작했다. 상당히 친밀한 관계로 보였고 둘이 서로 손을 꼬옥 잡고 있었다.

십 수일간의 고생이 헛되지 않게 나는 그날 밤 나체 사진의 여자의 정체를 알아냈다. 그리고 다음날 아침에 그 여자는 당시 모 관청에 여사무원으로 근무하고 있는 K라는 사실과, 스무 살이 되는 언니 S가 있다는 사실을 알게 되었다. S는 작년 이 월 하순에 혼마치 3초메 모 상점 주인의 아이를 갖게 되어 잠시 동안 첩 생활을 하고 있었는데, 올해 6월경부터 총독부의원의 간호부로 근무하고 있다는 것도 알아냈다.

나는 먼저 어떻게 K에게 접근할 것인지 고민했다. 그리고 일주일 정도의 시간을 더 들인 끝에 비로소 대정관(大正館) 이층 석에서 K와 안면을 트게 되었다. 에비스 앞에서 발견한 이래로 나는 쉬지 않고 K의 신변을 지키며 혹시 있을지 모를 기회를 엿보고 있었다. 어떨 때는 용건도 없이 K가 근무하는 관청을 찾아가서 담당관과 잡담을 하면서 옆에 있는 K에게 용지나 성냥을 빌려 달라고 부탁하기도 하고, 퇴근 시간을 살펴 마치 볼일이 있다는 듯이 모 과장을 찾아가서 K에게 과장에게 전언을 부탁하기도 하는 등, 갖가지 수단을 사용해서 나라는 사람의 존재를 K의 인상에 남기도록 노력했다. 그 결과는 결코 허무하게 끝나지 않았다.

일주일이 조금 지난 어느 밤, 나는 평상시처럼 와카쿠사초(若草町. 현재 을지로 3가 초동) 혼간지(本願寺) 뒤에 있는 K의 집 부근에 잠복해 있었다. 나는 K가 동년배의 아가씨와 나란히 집에서 나가는 것을 발견하고 미행하면서 대정관으로 올라갔다. 그리고 K와 그 친구가 이층 오른쪽에 자리를 잡은 뒤쪽에서 들어가 그 옆 좌석을 잡고 앉아 잠시 동안 가만히 있었다.

영화 상영이 끝나고 나서 장내의 전등이 일제히 켜지자, 환한 불빛이 나란히 앉은 K와 나를 비추었다. K는 재빨리 나를 발견하고 "어머, 언제 여기에 계셨어요?"라며 말을 걸어왔다. 그것을 기회로 나는 갖가지 잡담을 늘어놓아 보기 시작했다. 같이 온 친구도 나이에 어울리지 않게 조숙한 말투로 나와 K사이에 끼어들어 말을 걸었다. 순식간에 셋은 오랜 친구처럼 친해져버렸다.

같이 온 친구는 ○라고 하는데 K와 같은 열일곱 살로 남대문길 1초메에 있는 모 회사에 근무하고 있는데 K와는 자매처럼 친한 사이로 같은 와카쿠사초 혼간지 부근에 살고 있다는 것을 알게 되었다.

영화상영이 끝나고 나는 두 사람을 데리고 고가네마치에서 에이라쿠초(永樂町. 현재 중구 저동) 쪽으로 걸어가서 경성극장 아래에 있는 미쓰마루(三ッ丸)라는 요릿집으로 들어갔다. 두 사람은 내가 사주겠다는 말을 듣고는 카페에 가자고 주장했지만, 나는 일부러 남의 눈이 적은 모 요릿집을 고른 것이었다.

두 사람은 사양하지 않고 맥주 컵을 입으로 가져갔다. 그리고 잠시 지난 후에 상당히 취한 것처럼 보였고 양 볼이 사과처럼 빨개져서 연애니 사랑이니 하는 얘기를 나누었다.

K는 상상대로 상당히 닳고 닳은 유형이었는데, 아직 숫처녀 같은 점이 역력하게 드러나기도 했다. 친구도 마찬가지로 여러 얘기를 했지만 K처럼 내 무릎에 손을 올리거나 같은 젓가락으로 음식을 먹는 것만은 주저하고 있는 듯했다. 취해 있었던 탓이기도 했겠지만, K같은 경우에는 자리에서 일어나면서 취해서 장난을 치는 나의 볼에 아무렇지도 않게 입을 맞추기도 했다.

"이런 빨간 얼굴로 집에 돌아가면 혼나는데"라고 말하면서 남산공원에 가자고 떼를 쓰는 두 사람을 나는 겨우 떼어내고 집으로 돌아왔다. 열두 시를 알리는 모퉁이의 시계소리를 조용히 들으면서 앞으로 다가올 성공에 웃음을 띠우고, 두근거리는 가슴을 누르면서.

K와 나는 거의 남들이 얼핏 보면 연인으로 보일만큼 친해졌다. 그리고 그녀를 만날 때마다 K를 중심으로 모이는 많은 친구들을 알게 되었다. 당초 황금관에서 미행한 Y라는 여자도 한 달 정도 후에 소개 받았다. H라는 카페 여자, 비파를 배우는 학생, N이라는 간호부, 그리고 T라는 혼마치 2초메에 있는 꽤 큰 상점의 딸이자 현재 모 여학교에 재학 중인 여자와도 알게 되었다.

나는 그들을 만날 때마다 적지 않은 돈을 썼다. 카페에 가는 비용, 영화관 입장료, 함께 세트로 맞춰서 구입한 핀 등의 구입비를 전부 내고, 때로는 K를 비롯하여, Y, O, H, T, A, N, 일곱 명을 데리고 동대문 밖 비구승들이 있는 절 근처에서 조선식 식사를 하는 자리에 초대받기도 했다.

모두들 약속한 듯 나를 오빠라고 불렀다. 내가 없을 때에도 그들 사이에 내 소문이 가끔씩 언급되는 듯했고, 길에서 우연히 만났을 때 "요전에 ○씨는 오빠 얘기를 많이 하던데요."라든가, "○라는 친구가 꼭 오빠를 소개해달라고 했어요."라는 등의 말을 자주 했다.

그러나 내가 처음부터 기대하고 있는, 그들 무리의 배후에 검은 손을 발견하는 데에는 아직 거리가 있는 듯했다. 아무리 초조해해도 그럴싸한 단서를 쥐는 일은 오랫동안 불가능했다. 나는 여러 가지 기회에 있어서 차별 없이 '누구라도 먼저 말한 사람의 상대가 되겠다.'는 식의 태도를 비밀스럽게 취하고 있었다.

그리고 얼마 지나지 않아서 나는 결국 그들에게 둘 내지 세 명의 연인이 있다는 사실을 눈치 채게 되었다. 물론 애인이라고는 해도 그것은 정신을 내던질 정도로 진지한 사이가 아니라, 당시의 나와 같이 그들이 원하는 대로 해주고 돈을 받고, 결국에 그 배후의 검은 손의 협박에 의해 뭔가의 희생을 치러야 하는 미끼이다. 관료, 은행원, 그 외의 회사원, 학교 교원, 개중에는 경찰관도 섞여 있었다. 그리고 그들에게 처자식이 있다는 사실에는 나도 매우 놀랐다.

배후의 검은 손 일당에게 배부되어 있는 나체 사진 건과, 그들이 모이는 소굴을 밝혀내는 것이 나의 가장 중요한 일이었다. 그리고 그것을 위해서는 하나의 큰 희생을 치러야 한다는 사실에 대해 나는 주저했다. 물론 나는 물질의 희생은 그다지 의도하지 않았지만, 그들 일당 손아귀 안으로 들어가 버리는 것이 아니라면, 내가 아무리 초조해하며 애를 써 봐도 그들의 소굴에 들어갈 수는 없는 거라는 사실을 알았기 때문이다. 그래서 나는 크게 마음을 먹고, 그들 중 누구와라도 육체까지도 허락할 수 있는 진정한 연애를 할 결심을 해야 했다.

그들 모두는 누군가의 수법에 걸려, 그러한 일당 속에 빠져 남자에 대한 격한 암투와 쟁탈전을 벌이는 것이 항례가 되어 있었다. 실제로 나라는 만만한 초심자가 걸려든 이후부터는 K를 중심으로 O, T, H, N 등이 내 눈으로도 역력히 알 수 있을 만한 쟁탈전을 벌이고 있었다. 그리고 그 결과 일당으로부터의 날카로운 감시의 시선이 서로 다른 의미에 있어 항상 나에게 향하기 시작하고 있었다.

감시가 질투가 되고, 질투가 결국 나를 획득하려는 암투로 변할 무렵, 나는 서로의 입에서 갖가지 비행에 대한 이야기를 들을 수 있었다.

K는 거의 단원 중의 두목 격의 위치인데, 진정한 두목이라고 할 만한 사람은 앞에서 말한 K의 언니라고 한다. S는 거의 항상 총독부 의원에서 근무하고 있기 때문에 다른 이들처럼 밖으로 나가 하고 싶은 대로 하지는 못한다. 대부분의 지휘 감독은 S가 직접 좌지우지하고 있다.

가장 연소자인 A는 비파를 배우고 있었는데, 일당 중에서 가장 날카로운 일을 해치우는 한 명으로, 그의 아버지는 사쿠라이초(櫻井町. 현 중구 인현동)에서 모 씨의 건물 관리를 하며 편한 생활을 하고 있는 관계로, A도 매우 방탕하게 길렀던 것으로 보인다. 다른 여자들과 비교해 보면 상당히 대담한 짓을 부모 앞에서도 거리낌 없이 아무렇지도 않게 행동한다고 한다. 이 A에게 걸려들어 희생을 당하게 된 남자는 고가네마치 2초메에서 일하는 모 점원, 혼마치 3초메 모 의류점의 장남, 경성부 관리 한 명이 있었다. 모두들 꽤 많은 돈을 내고 합의를 보게 되었다는 카페 여자에게는 모 신문사에 다니는 내연남이 있었다. 그리고 혼마치 2초메 모 시계점 아들은 이러한 수법으로 삼백여 원을 털렸다.

Y는 거의 학생을 전문으로 삼아 일을 하고 있다. 의전(醫專), 고상(高商)에서 많은 학생들이 희생자가 되었는데, 당시 경기도에 있는 학교의 성실한 한 남학생을 대상으로 작업 중이었다.

시간이 지나감에 따라 나는 점점 더 많은 새로운 소식을 접하게 되었다. 그리고 당시의 온갖 비행들에 대해서 들을 수 있었는데, 마침내 K와 가장 치열한 쟁탈전을 벌였던 여자에게서 Y, H, A, T, N 다섯 명의 나체 사진을 입수할 수 있었다.

이 일파의 전율할 만한 뒷면이 점차 나의 눈앞에서 전개되어 갔다. 마침내 마지막 목적이라고 할 수 있는 그들의 소굴을 향해 나아가고 있었다.

어느 아침, 나는 우연한 기회에 K의 집에 끌려가게 되었다. K

의 부모라는 사람들은 거의 낫 놓고 기역자도 모르는, 서투른 목수인 일용직 노동자 부부였다. 아버지는 소탈하고 정직한 면이 있는 유쾌한 남자였다.

K는 다다미 여섯 장과 두 장 크기의 두 칸짜리 방이 있는 좁고 긴 모양의 집으로 나를 안내했다. 그녀가 나를 부모에게 뭐라고 털어 놓았는지는 모르지만, 밤늦게 딸이 나이 많은 나를 집으로 데리고 온 것에 대해 그들은 별로 수상하게 생각하는 것 같지도 않았다.

눈이 나빠 보이는 얼굴의 어머니는 "편히 계세요."라고 하면서, 담배 도구가 담긴 그릇을 들고 다다미 두 장짜리 거실 공간으로 왔다. 그녀는 그다지 이상하게 보지도 않고 얼른 다다미 여섯 장짜리 방으로 돌아갔다.

"우리 부모님은 개방적이니까 괜찮아요."

K는 그렇게 말하면서 어머니 앞에서 웃어 보였다. 책상 같은 상 위에 작은 문갑이 놓여 있었고 그 안에는 남자의 편지와 명함이 가득 들어 있었다. K는 그것을 꺼내서 나에게 보여주면서 "남자란 여자한테는 안 돼요."라는 등 건방진 얘기를 했다.

K가 쓰려고 하는 마수가 점점 나의 신변에 다가오고 있음을 간파한 나는 일부러 그 수법에 넘어가도록 힘껏 용기를 내고 있었

다. 두세 칸밖에 안 되는 좁은 집안이라고는 해도 상대인 K만 허락한다면 나와 두 사람은 어떤 일이라도 할 수 있을 정도로 K의 부모는 무관심했다. 나는 물론 K도 그것을 눈치 채고 그날 밤 그곳에서 둘은 긴 시간을 함께 했다.

소굴은 역시 K의 집이었다. 엄격할 것 같았던 K의 아버지는 그다지 무서운 남자가 아닌 듯했지만 어머니는 보통 여자는 아니었다. 그리고 이 다다미 두 장짜리 방이 그들 일당이 항상 자신의 집처럼 다양한 남자들을 물어 오는 단골집이었다.

나의 탐색은 더욱 더 깊이 파고 들어갔다. 그리고 드디어 배후에 숨어 있을 검은 손의 정체에 접근하게 되었다. 다음 내용은 다음 호에서 기재하기로 한다. (미완)

*『朝鮮及滿州』 第170号, 1922.1

‖ 창작 및 르포 ‖

〈탐방사실〉 불량소녀단의 소굴 2

—사회부 기자의 염마장(閻魔帳)에서—

●

호쿠로노히토(ホクロの人)

어느 날 밤 마흔 일고여덟 정도의 연령에, 점잖은 복장을 한 사람이 우리 집을 찾아와, “부디 조용히 부탁드릴 일이 있습니다만”이라고 하면서 “오야마 유지로(大山勇次郎. 가명)”라는 명함을 내밀었다.

나는 직업상 늘 잘 모르는 사람들로부터 방문을 받고, 경찰관이나 엉터리 변호사로 착각을 받는 등의 민폐에 가까운 사건 의뢰를 받는 경우가 종종 있었다. 따라서 그날도 평소에 자리를 많이 비우느라 산적해 있던 업무를 처리한다는 구실로, 일면식도 없는 그 사람과의 면담을 피하려고 노력했으나, 오야마라는 사람은 이전부터 아는 A와 친한 관계라서 특히 오늘 밤은 나를 지명해서 보냈다는 말을 구실로 삼아 쉽사리 돌아가려 하지 않았다. 어쩔 수 없이 나는 십오 분 간이라는 약속을 하고 그 사람과 면담을 했다.

오야마는 현재 메이지초 모 상점에서 근무하면서 상당한 수준의 생활을 하고 있는 사람이었다. 그의 장녀 F는 이미 만철(滿鐵) 공무과에 근무하는 모 씨와 결혼했고, 차녀 S는 작년 봄부터 남대문길 1초메에 있는 모 회사에서 타이피스트로 근무하고 있으며, 장남 W는 지금 용산중학교에 재학 중이라고 했다.

나에게 의뢰하고 싶은 문제는, 차녀의 신상에 관한 것이었다. 오야마는 꽤 굳은 결심과 자각을 갖고 나를 방문한 것으로 보였다. 초대면에, 특히 정보가 빠르고 사양함이 없이 적극적인 성격의 직업을 가진 우리들에게, 경험상 일반적으로 사람들이 털어놓으려 하지 않는 일까지도 나에게 숨기지 않고 털어놓았다.

오야마가 밝힌 문제는 매우 간단한 것이었다. 둘째딸 S가 이전부터 부모 눈을 피해 현재 모 관청에 근무하는 야마무라(山村. 가명)라는 남자와 사랑에 빠졌다. 오야마도 곧 그 사실을 알게 되어 몰래 야마무라의 신변을 조사한 결과, 그다지 문제가 있는 사람은 아니라는 결론을 맺었다. 그는 두 사람을 허락하고 못 본 척 하며 삼 개월 정도의 시간이 지났다.

그리고 최근에 두 사람의 결혼을 진행하려는 절차를 밟으려 했는데, 어찌된 일인지 야마무라가 결혼 직전에 갑자기 이에 대해 반대를 외치며 수개월 간 공공연하게 교제한 S를 쳐다보지도 않는다는 것이었다.

오야마 씨의 심한 추궁에 견디지 못한 듯, 야마무라는 그 원인에 대해서, "아무 말도 하지 않겠습니다. 당신의 따님을 위해 절대 비밀은 지키겠습니다만, 저는 결혼은 할 수 없습니다. 따님에게 직접 모든 얘기를 물어보십시오."라고 할 뿐이었다. 그래서 S를 호되게 추궁해봤으나 S 스스로도 무슨 이유로 야마무라가 그렇게 손바닥을 뒤집듯 극단적인 태도를 보인 것인지 도저히 추측할 수가 없었다.

오야마가 야마무라를 방문하여 추궁하고 담판을 지은 것은 열몇 번에 이르며, S를 추궁한 것도 열몇 번을 훨씬 넘는데도, 딱히 이렇다 할 원인을 결국 찾아낼 수 없었기 때문에 마지막으로 "저렇게 말은 해도 결국은 내 딸을 우롱한 것"이라는 날카로운 반성이 끓어올랐던 것이다.

물론 야마무라도 세간의 주목을 끌 만한 나쁜 남자는 아니었지만, 시종일관을 듣고 난 순간 이를 취소하고 싶은 마음이 내 머리 속에 떠오를 만큼, 결코 품성이 결백한 인물은 아니었다. S는 열아홉 살이다. 결혼이라는 먹이 때문에 우롱당한 것은 아니며 부모의 공식적인 허락을 얻기 전에 이미 두 사람은 깊은 관계에 빠져 있었던 것이므로, 오야마가 스스로 이제 와서 나에게 호소할 만한 비애는 거기서 찾을 수 없었다. 하지만 문득 그 이야기를 들은 순간, 전에 그 단원 중에 Y에게 이야기를 들은 적이 있는 한 여자가 떠올랐다. 나는 "좋아, 야마무라를 한 번 만나서 담판을 지어보자."라는 식으로 흔쾌히 이 교섭 건을 받아들이고 말았다.

야마무라와는 그 다음날 야마토초(大和町. 현재 필동)에 있는 모 고등 하숙집 이 층에서 만났다. "정말로 부끄러운 이야기입니다만"이라고 하며 말문을 연 야마무라는, 나의 상상과는 전혀 다른 진지한 태도였다. 새파랗게 질린 얼굴에 불안과 공포로 인한 격렬한 경련마저 계속 보이면서 "그 일은 제가 그녀를 우롱한 거라고 하셔도 이렇게 된 이상 어떤 변명도 할 수 없습니다. 하지만 S가 보통 여자였다면 제가 왜 이제 와서 약속을 깨겠습니까? 저는 그 여자가 무서운 비밀을 갖고 있다는 사실을 최근에야 알게 되었어요."

"비밀이라면…… 혹시 다른 사귀는 사람이라도 있었다는 말인가요?"

"아니오, 그런 일이라면 저는 이렇다 저렇다 말씀드리지 않을 겁니다."

그는 이렇게 말하고는 잠시 생각한 후에, "그 여자는……"이라며 뭔가 말하려 했으나 갑자기 생각을 바꾸어, "아니, 이 정도 말씀드리면 아시겠지요. 저는 S가 그런 여자라는 사실을 전혀 몰랐단 말입니다."

"저는 전혀 무슨 말씀이신지 모르겠습니다. S가 도대체 어떤 여자라는 겁니까?"

"그건 저로서는……, 저는 진심으로 S를 사랑하기 때문에 결혼이 깨졌다고 하더라도 그녀의 장래의 명예를 위해서도 그것만은 말씀드릴 수 없습니다."

나는 "그럼 S에게는 남에게는 알릴 수 없는 비밀이 있다는 말씀입니까?"라고 잠시 가볍게 사실을 짚어준 후에 "그 비밀 때문에 파혼을 한다고 주장하시는 거군요."라고 강하게 확인을 했다. 그리고, 그렇다면 그 원인인 S의 비밀을, "저에게 털어 놓으십시오."라고 말했다.

그는 "이거 정말 곤란하군요."라며 정말 곤혹스러운 표정으로 긴 시간 동안을 우물쭈물 거렸다. 그리고는 다음과 같이 말했다. "아무래도 저는 처음 만난 당신에게 이야기를 털어놓을 용기가 나지 않습니다. 잠시 기다려 주세요. 죄송하지만 그렇게 해주십시오. 오늘밤 심사숙고해서 내일 밤까지 편지로 모든 사실을 댁에게 알려 드릴 테니까요."

나는 그 이상 야마무라를 추궁하는 것이 불가능하다는 것을 깨닫고, 하숙집을 나와 집으로 돌아왔다. 야마무라는 약속대로 다음 날 밤 우리 집으로 두꺼운 편지를 보내왔다.

무심코 열어서 보니 서양식 종이 열 몇 장에 달하는 장문의 편지였다. 읽어나가는 나의 눈은 날카롭게 빛났고 가슴도 요동치기 시작했다. 종이에 쌓인 흰 꾸러미를 손에 들고 급하게 개봉해보니, 그 안에서는 내가 예전에 아오바초 철교 아래에서 우연히 주운 사진보다도 더 생생한, S의 나체 사진이 나타났다.

왼쪽 다리를 의자 위에 올리고, 책상 위에 팔꿈치를 짚은 왼쪽 손 위에 얼굴을 기대고, 한 송이 꽃을 높이 치켜든 오른 팔 아래에는 음란해 보이는 음모와, 가슴…… 게다가 그 아래에는 실오라기 한 올도 걸치지 않은 S의 전신이 노골적으로 찍혀 있었다.

사랑하는 연인 사이에서 한 발자국 더 내딛어 신혼이라는 즐거운 꿈으로 다가가고 있던 야마무라가, 어느 날 관청에서 돌아와 보니 책상 위에 한 통의 무기명 봉투가 배달되어 있었다. 아무 생각 없이 봉인을 뜯어보니 앞서 말한 나체 사진이 들어 있었다. 발송인도 물론 누구인지 알 수 없었고 동봉된 편지조차도 없었다. 게다가 나체의 주인공은 자기의 S, 자기가 사랑하는 S, 가까운 시일 내에 사랑하는 아내가 될 S였다. 야마무라는 경악했다. 그리고 전율했다.

야마무라의 장문의 편지는 이상의 내용을 그려내고 있었다.

그리고 이삼일 후, 내가 근무하는 신문사로 K로부터 나를 찾는 전화가 걸려왔다. 용건은, 잠시 만나고 싶으니 오늘 밤에 집으로 와 달라는 간단한 것이었는데, 나는 가슴 속에 어떤 불안감을 느끼기 시작했다.

지금까지 어떤 경우에도 K는 원래 단원들에게 내가 신문기자라는 사실을 함구해왔으며, 어떤 시급한 용건이라도 K는 고가네마치 4초메 ○○번지 쓰지이(辻井. 가명)댁 내 이름 앞으로 편지를 보내도록 해왔다. 나는 내 신변에 대해 그들 일파에게 간파당할 것을 우려해서 앞서 말한 쓰지이 씨 댁에 사정을 설명하고, 기숙하고 있는 사람으로 취급해 달라고 해두었었다. 그런데 K는 어떻게 알아냈는지 내가 근무하는 회사로 전화를 걸어온 것이다.

따라서 새로운 불안이 생겨났다. 나는 그날 밤 초청받은 K의 집을 방문했다. K 외에도 O, T 등 두세 명이 모여 있었다. 나는 지금까지와는 조금 다른 감정으로 세 사람의 눈빛을 살피며 마음 속의 뭔가를 파악하려 애쓰며 방으로 들어섰는데, 세 사람은 아무

것도 모르는 듯한 태도로 평상시처럼 나를 맞이했다.

"전화 걸었을 때 굉장히 바쁜 것 같던데."라며 아무렇지도 않게 K가 말하자, 옆에서 O가

"K, 오빠한테 전화 걸었어?"라고 묻는다.

"뭐, 별다른 용건은 없었지만 일주일이나 안 보이길래……"라면서, K는 웃음을 지었다.

나는 세 사람의 대화를 통해 아직 O, T 두 사람이 나에 대해 모른다는 사실을 눈치 채고 어느 정도 불안감을 완화시킬 수 있었지만, K의 태도—즉, K가 내가 신문기자라는 사실에 그다지 주의하지 않고 있다는 태도는, 오히려 새로운 의혹을 환기시켰다.

그날 밤 세 사람은 결국 나를 종로에 있는 식당으로 끌고 나갔다. 그리고 밤 열 시가 지나서 O, T와 고가네마치 교차로에서 헤어져 귀가하는 도중에 K는 비로소 입을 열었다.

"당신, 신문기자시군요."라고 말하고는 별로 놀랍지도 않다는 듯, "신문기자 중에는 나 알고 있는 사람이 꽤 많아요."라며 간단히 말을 맺었다.

나는 한 발 더 나아가 신문기자라는 것에 대해 K가 어느 정도 주의를 하고 있는지를 알아내기 위해, 시험해 볼 여러 가지 단서를 생각하면서 걷고 있었는데, K로서는 그런 일 따위는 아무 상관

없다는 듯이 나와 나란히 빠른 걸음으로 걸었다. 기타킨코도(喜多金光堂) 근처에 왔을 때, 마침 생각났다는 듯이,

"S, 알고 있죠?"

"S?"

나는 허를 찔린 듯 깜짝 놀랐지만 아닌 척하며 "S라니 누구지? 잘 모르겠네."라고 말했다.

"모르긴, 우리들 친구예요. 그 S가 최근에 결혼한다며 건방지게 군다고 해서 바로 깨뜨려버렸죠. 불쌍하게도."

"깨뜨려버리다니, 그렇게 쉽게 안 될 텐데."

나는 우연히 나온 S의 사건에 대해서뿐만 아니라, 그날 처음으로 들은 스스무(進)라는 남자에 대해 섬세하게 주의하면서 그녀가 눈치 채지 않도록 빙빙 말을 돌리면서 점차 다가가도록 열심히 여러 가지 방책을 써보았다.

결국 그 효과는 허무하지 않은 결실을 맺었다.

스스무 씨라고 불리는 남자의 성은 스미가와(澄川. 가명)라고 하며, 지금도 모 관청에 다니는 훌륭한 관리였는데, 그들 일파와는 상당히 밀접한 관계에 있는 듯 했다. T도 O도 N도 모두 친한 것 같았고, 특히 N은 상당히 깊은 관계인 듯 했다.

S의 결혼을 파괴하기 위해서 야마무라의 손에 S의 나체 사진을

넣은 무기명 봉투를 보낸 자가 바로 이 스스무 씨였다고 한다면, 그는 불량소녀단과 상당히 깊은 관계에 있는 자임에 틀림없었다. 나의 눈은 그를 향해 날카롭게 빛나기 시작했다.

"스스무 씨를 아세요?"

"예 알고 있습니다."

"어디서 알게 되셨어요?"

"……"

"언제 쯤 알게 되었죠?"

"벌써 반 년 정도 지났습니다."

"어떻게 알게 되신 건가요?"

"저……"라며 잠시 생각하고는,

"친구에게 끌려 놀러간 적이 있어서요……"

"친구라면 누군가요?"

"T하고 N이요."

"스스무 씨한테 갔을 때 뭘 하고 돌아왔죠?"

"두 시간 정도 여러 가지 얘기를 하고 돌아온 것 같아요. N은 혼자 남았지만요……"

"그리고 나서 몇 번이나 스스무 씨한테 갔었나요?"

"네다섯 번 갔습니다."

"혼자였나요? 친구하고 갔나요?"

"혼자서 간 적은 없어요."

어느 날 오야마의 집 자신의 방에서 S가 나에 대한 심문을 시작했다.

"이 사진은 어디서 찍었어요?"

내가 품속에서 갑자기 꺼낸 나체 사진을 보자마자 S는 졸도할 듯 경악했지만, 잠시 후 점차로 대담한 태도로 바뀌어, "그 사진은 어디서 손에 넣으셨나요?"라고 반대 질문을 시작한 것이다.

나는 그저 웃어보이고는 "사진을 어디서 입수했는지 따위는 아무 상관없는 문제입니다. 나는 당신도 알겠지만 야마무라 씨와의 관계에서 정말 고생을 한 결과, K, T, O, Y 등의 일을 전부 알게 된 것입니다. 그래서 아버지에게는 그런 내용을 밝힐 수는 없지만, 가능하다면 나 혼자의 힘으로, 당신이 말한 나쁜 동료들의 손에서 구해주고 싶다고 생각하고 있습니다."

S는 돌처럼 굳은 채로, 마주 본 나의 무릎 주위를 응시하고 있다. 아무 대답 없이…… 그러나 두 눈에는 수치의 눈물이 흐르고 있었다.

S가 N과 어울려 네 번째로 스스무 씨 집에 갔을 때, 나체 사진을 찍었다. 그리고 N과 T와 K의 나체 사진은 스스무 씨에게서 받았다.

S는 스스무 씨와 꽤 친하게 지내고 있었지만, 어떤 특정한 관계는 없었다. K도 T도 스스무 씨와는 한때 친한 것 이상의 관계에 빠져 있었는데, 스스무 씨는 N이라는 간호부와는 공공연하게 알려진 깊은 관계였다고 한다.

그들 일파의 윤곽은 점차 나의 머릿속에서 파악되어 갔다.

거기서 나는 최후의 수단으로 내가 어떤 목적에서 그들 일파에게 접근해왔는지를 그들에게 알리고, 그 틈을 타서 갑자기 고압적인 태도로, 스스무 씨 계통의 배후의 손길을 탐지하려고 기도했다. 나는 어느 날 스스무 씨로부터 위탁을 받아 나체 사진 현상을 했다고 하는 모 사진기사를 방문하여 잡담을 나누다가 무서운 불량소녀단이 부내에서 날뛰고 있다는 사실을 밝힌 후에, "이것이 그 중 한 사람의 나체 사진이니 인화를 해 달라."고 말하고 K의 나체 사진을 건넸다.

이것이 나의 고민을 모두 수포로 돌아가게 한 원인이 되어버렸다. 사진사는 두서너 번의 재촉에 대해 말을 흐리면서 인화를 연기하고 있었는데, 결국 나에게 찾아와서는 "말도 안 되는 실수를 해버렸네. 위조 사진을 잘못 인화해 버렸는데 용서해 주게."라고 말하며 사죄했다.

아마도 그런 일 정도는 있을 수 있으리라고 예견하고 있었기 때문에, 그다지 놀라지도 않았지만, 한 편으로는 사진 이상의 문제가 남아 있었다. 이 사진사가 모든 단원에게 통첩한 것은 확실하기는 했지만, K는 갑자기 집을 나가버려서 지금은 그 소재를 알 수 없고, 그렇게도 잘 알고 지냈던 부모님도 내가 물어보자 "글쎄요, 어디로 갔을지 모르겠네요."라고 반복할 뿐이었다.

A, O, H 등도 그 후 내 시야에서 사라져 모습을 감추었다. T는 길에서 만났는데 나를 피해 다른 길로 돌아갔다. 소굴은 K의 실종과 함께 붕괴되어 버리고 지금은 모두 산산조각 나버린 듯하다.

나는 경솔한 생각으로 생각지도 못했던 실패를 한 것이 두고두고 안타까웠다. 하지만 일시적이나마 이런 단체가 부내에 등장하여 독니를 드러내고 있는 상황에서, 우연히 그 소굴을 전복시키게 된 것은 사회를 위해 기뻐해야 할 일이었다. 나는 이에 소소한 자부심을 갖게 됨과 동시에 이제 사방으로 흩어진 그들을 향한 감시의 시선을 지속시키고 있다.

그 후 불량소녀단을 벗어나기까지의 여러 가지 경위에 대해 S

가 나에게 고백한, 딸이 있는 가정에서 참고로 할 만한 이야기도 있지만 이는 다음 기회에 쓰고자 한다. (완결)

*『朝鮮及滿州』 第171号, 1922.2

‖ 창작 및 르포 ‖

오십 엔 받은 가출 소녀

흑표(黑豹)

경성의 지저분한 중심가 가운데에 꽤 인기가 있는 찻집이 있습니다. 그 찻집의 주인은 가시다 산페이(樫田三平. 가명)라는 사람인데, 사십 대의 스마트한 모던 올드 보이의 얼굴과 스마일을 지니고 있습니다. 한마디로 말하면 아주 해사한 얼굴이라고 할 수 있죠.

이 가시다가 어느 날, 배가 고파서 근처에 있는 소바집으로 들어갔다고 상상해 보십시오. 그런데 '어서 오세요'라는 가냘픈 목소리가 들려왔습니다. 눈을 내리뜨고 모습을 드러낸 것은 소바집에는 어울리지 않는 미녀였습니다. 꽤나 호색가인 가시다는 '이거 꽤나 괜찮은 여자인데?'라고 생각했습니다.

소바만 먹으려는 생각으로 들어왔지만 마시지도 못하는 술까지 주문해 버리게 됩니다.

호색가인 사십 대 남자와 순진한 소녀. 이 둘 사이에 아무 일도 일어나지 않는다면 석가모니와 공자가 코웃음을 치고 경찰도 재판소도 필요 없을 것입니다.

"처음 보는 얼굴인데 언제 왔지?"

자, 드디어 시작되었습니다.

"어제부터 출근하고 있어요."

여자는 역시 눈을 내리깔고 있습니다.

"어디서 왔어?"

"내지에서요."

"내지라면 어디?"

"도쿄(東京)요."

"경성은 처음이야?"

"예. 처음이에요."

"누구랑 같이?"

"혼자요."

"여기 친척이라도 있어?"

"아뇨."

"갑자기 왔구나."

"……"

"아하하하. 뭐 괜찮아. 걱정할 필요 없어."

"……"

"나는 바로 저기 찻집에 있어."

"……"

그 후 가시다는 자주 얼굴을 내밀었습니다. 항상 입을 헤벌리고 있는 소바집 총각은 그런 가시다를 보고 '저 아저씨, 소바를 엄청 좋아하는군.'이라고 생각했을 것입니다.

그런데 얼마 후 어찌된 일인지 여자는 소바집에 휴가를 내고 말았습니다. 이유는 사정이 생겨 도쿄에 돌아간다는 것이었습니다. 여자는 택시를 타고 경성역으로 가서 표를 산 후 오전 열 시에 출발하는 부산행 열차를 탔습니다. 만약 그녀를 미행하는 사람이 있었다고 해도 '그녀는 무사히 도쿄로 출발했다'고 보고했을 것입니다. 하지만 그녀가 산 표가 용산행이었다는 것을 아는 사람은 그녀 자신과 단 한 사람, 가시다뿐이었습니다.

가시다는 용산역에서 목을 길게 빼고 그녀를 기다리고 있었습니다. 두 사람은 택시를 타고 한강에 있는 용봉정(龍鳳亭)으로 향했습니다.

문을 잠그고 다다미 여섯 장짜리 방에서 약 세 시간 정도 시간을 보낸 두 사람은 잠옷 차림으로 복도에 모습을 드러냈습니다. 그때 이미 그녀의 얼굴에는 수치심이라고는 조금도 찾아볼 수가 없었습니다. 그들은 성큼성큼 걸어 가족탕 쪽으로 걸어갔습니다. 그녀는 걸으면서 머리카락에 신경이 쓰이는지, 뒷머리에 손을 갖다 댔습니다. 그때마다 여종업원들이 뭐라고 수군거리며 웃었습니다.

저녁 무렵, 두 사람은 용봉정에서 나와 다시 택시를 타고 경성으로 가서 비전옥(備前屋) 여관으로 들어갔습니다. 잠시 후 가시다만 여관에서 나와 가게로 돌아갔습니다.

'아침부터 저녁까지 하루 종일 어디서 뭘 했나요?'

가시다의 아내가 가시다에게 물었습니다.

가시다의 아내는 날씬하고 반짝이는 금니가 있는 우아한 타입의 여자였지만, 늘 가시다 때문에 조마조마한 마음이었습니다. 언젠가는 가시다가 열 네다섯 살쯤 되는 소녀들이 자고 있는 방에 침입해서 소녀들이 큰 소리를 지르며 난리를 피웠습니다. 그 소리에 잠에서 깬 부인이 말 그대로 유미(柳眉. 아름다운 눈썹)를 곤두세운 적도 있었습니다.

그렇기 때문에 이후 가시다가 부인의 눈을 피해 비전옥에 드나드는 것도 쉬운 일은 아니었음을 상상할 수 있습니다. 하지만 가시다는 열심히 드나들었습니다. 하루에 두 번, 혹은 세 번…

일주일간은 가시다에게도 그녀에게도 꿈과 같은 시간이 흘러갔습니다.

그러던 어느 날, 경찰에 수색을 원한다는 서류 한 장이 도착했습니다. 도쿄에서 온 것이었습니다. 수색을 청한 것은 도쿄시외 ××마을 ××××번지 무라야마 겐지(村山顯治. 가명). 찾아달라는 사람은 무라야마 겐지의 장녀인 무라야마 나쓰코(村山夏子. 가명, 19세). 딸이 약 한 달 전 무단으로 가출을 하여 오사카(大阪)에 있는 친척에게 들렀다가 그 후 행방불명이 되었는데, 친척의 말에 의하면 조선으로 건너간 것 같으니 급히 수색해 주기를 원한다는 것이었습니다. 서류에는 사진이 한 장 첨부되어 있었는데, 경찰들도 엄청난 미인이라고 할 정도였습니다.

곧바로 수색을 해 보니 형사의 귀에 비전옥 여관에 수상한 여자가 태평스레 머물고 있는데, 사십 대 남자가 이 여자를 찾아온다는 소문이 들려왔습니다. 그 순간 '유괴?'라는 생각이 형사의 머릿속을 스치고 지나갔습니다.

"좋아, 데리고 와서 물어봐야겠다."

그런데 경찰이 하는 일은 꽤나 난폭합니다.

"당신들이 담합을 했습니까?"라고 물으면 범인이 털어놓을 리가 없습니다. 그래서 나쁜 일을 한 놈, 조사하기 힘든 놈들은 마구 때립니다. 이것은 예나 지금이나 비슷합니다. 담합 사건의 경우, 때리면 두 손을 모으고 "다 말하겠습니다."라며 다른 사람의 일까지 모두 털어놓습니다. 그러면 그 사건에 얽힌 사람들을 줄줄이 끌고 오면 되는 것입니다.

그건 그렇고, 여자를 끌고 와서 물어보니 무라야마 나쓰코가 맞았습니다.

"왜 가출을 한 거지?"

"아버지가 마음에 들지 않는 여자와 살려고 해서요."

"경성에 와서 지금까지 어떻게 지냈지?"

"처음 온 곳이라 아는 사람도 없고 돈도 없어서, 일을 하려고 길을 걷고 있는데 ××초에 있는 ××소바에서 직원을 모집한다는 것을 보고 그 소바집에서 일을 했어요."

"여관에 드나든다는 남자는 누구지?"

"×××의 가시다라는 사람이에요."

"어떻게 알게 되었지?"

"그 소바집에 자주 왔어요."

"그래서?"

"저를 걱정해 주셔서 제게 힘이 되어 주겠다고 했어요. 그래서 저도 그를 믿고 가시다가 하라는 대로 소바집을 그만두고 도쿄로 돌아가는 척 하면서 용산에 내려 둘이서 강가에 있는 용 뭐라고 하는 곳으로 갔어요."

"용봉정?"

"네, 맞아요."

"그리고는?"

"그리고……"

"그리고 가시다가 어떻게 했지?"

"가시다가 문을 잠그고 억지로……"

"좋아. 알았어. 가시다가 좋은 일자리를 소개해 주겠다고 하지 않았어?"

"예. 혼마치(本町. 현재의 충무로) 5초메(丁目)에 지점을 낼 것이다, 그러면 그 가게를 맡으라고 했어요."

"그 말을 믿었어?"

"예. 믿었어요."

"이상하지 않아? 너에게 지점을 맡길 정도라면 지금부터 본점에서 일을 하게 하면 되잖아?"

"하지만 본점에서 일을 하게 되면 부인이 잔소리를 한다고 했어요."

"참, 바보로구나. 가시다라는 남자는 여자를 좋아하기로 악명 높은 사람이라고."

"하지만 저는 친절한 분이라고 믿고 있어요."

"어쨌든 너는 아버지가 있는 도쿄로 돌아가. 부모님이 걱정을 하고 있어. 싫어도 돌아가. 돈은 있어?"

"아뇨, 없어요."

그녀는 보호 검속(檢束)에 처해졌습니다. 이어 가시다가 경찰로 출두했습니다.

"가시다, 너는 괘씸한 놈이다. 어린 아이에게 손을 대다니!"

"말도 안 됩니다. 손을 대다니요? 제가 조금 잘 대해 줬더니 그녀가 제게 먼저 다가와서 저도 모르게 그만……"

"이 한심한 놈! 뭐 어쨌든 다 끝난 일이니 어쩔 수 없다고 치고, 저 여자 아이가 집에 돌아갈 비용이 없어서 곤란한 상황이야."

"그럼 제가 책임을 지고 돌아갈 비용을 대겠습니다."

이렇게 해서 가시다는 경찰을 통해 그녀에게 십 엔짜리 다섯 장, 총 오십 엔을 건넸다고 합니다. 그리고 그녀는 밤차로 도쿄로 돌아갔습니다.

형사는 뒤에서 가시다의 어깨를 치며 말했습니다.

'어이, 가시다. 저렇게 젊고 아름다운 여자와 노는데, 열흘에 오

십 엔이면 싼 거지.'

이렇게 말한 형사는 배꼽을 잡고 웃었습니다.

*『朝鮮及滿州』 第299号, 1932.1

‖ 창작 및 르포 ‖

대륙을 떠도는 가련한 여성

시노자키 시오지(篠崎潮次)

나는 긴 여행을 마치고 오랜만에 경성으로 돌아왔다. 여행 중에 떠올라 참을 수 없이 그리웠던 프랑스 교회의 종소리를 이제는 새벽녘과 황혼 무렵 황홀하게 도취된 채 듣고 있다.

여행을 돌아보면 거기에는 희노애락이 여러 가지 모습으로 떠오른다. 그중 하나를 적어보려고 한다.

> "중국에 중국으로 모두 가고파 하네
> 중국은 좋은지요 살기 좋은지"

이 한 편의 시를 무지, 무절조한 사랑의 코스모폴리트, 젊은 일본 여성의 계심(戒心. 마음을 놓지 않고 경계함) 앞에 바친다.

지하실의 여자

하얼빈(중국 헤이룽장성(黑龍江省)의 성도)의 황혼녘, 숭가리(쑹화강(松花江)의 만주어 발음. 중국 동북지역의 지린(吉林)과 헤이룽장(黑龍江)을 관류하는 하천) 빙하가 서로 얽혀 부딪히면서 작은 물방울이 된 채 바람에 실려 안개에 휩쓸린다. 안개가 초원을 넘어 거리에 차오르면, 혼잡한 거리는 가로등 불빛의 립스틱을 바르고, 검은 의상을 입은 미망인처럼 요염하게 웃음을 띠운다.

이즈오슈는 세련된 러시아의 여자를 태우고 서두르는 듯 한 바퀴 소리를 울린다. 공원의 느릅 나무 그늘에는 아름다운 중국소녀가 구름을 찌를 듯이 키가 큰 남자 하인을 데리고 걷고 있다.

휘파람을 불며 메뚜기처럼 서둘러 걷고 있는 공산주의자 학생, 그런 풍경 속에 기쿠마사무네(菊正宗. 청주 상표)를 마신 취기를 풀어 보려는 일본인, 그리고 담배를 피우고 있는 잡화점 애송이들이 길가에서 별 것도 아닌 얘기들을 시끄럽게 나누고 있다.

캄캄한 어둠이 찾아오는 열 시가 되어야 하얼빈에는 알코올 기운이 올라온다.

열 시는 일단 보드카 병뚜껑이 바닥에 데굴데굴 굴러가는 시간이다.

열한 시는 일 리터 정도의 진하이볼을 건배할 무렵.

열두 시는 재즈에 맞춰 춤을 추려고 하면서 눈에 들어오는 여자의 품평회를 하는 시간.

한 시는 향료와 주류에 우아한 권태가 감돌며 자꾸 밀크 펀치가 마시고 싶어지는 시간.

두 시는 레스토랑……에서 드디어 나와 지하실에서 만취해 갈 무렵.

세 시는…… 못된 무희에게 갖고 있던 돈을 빼앗기고, 서른 살 정도 된 이즈오슈의 차를 타고 차가운 밤공기 속의 거리로 방출될 무렵.

그런 가운데 야마지 란코(山地蘭子)는 양귀비꽃 같은 아가씨였다.

만취한 하얼빈의 얼굴에 파우더를 바르고 재미있다는 듯이 웃고 있는 아가씨였다.

마침 란코를 만난 것은 새벽 두 시의 지하실이었다.

오랜만에 만난 친구가 여행의 우울을 덜어주기 위해 호텔에서 자고 있던 나를 굳이 깨워 밖으로 불러냈다.

두 사람은 구석 테이블에 기대어 현란한 말솜씨로 어설픈 무희를 쫓아 버리고 웅크린 자세로 코냑을 맛보고 있었는데 그때 란코가 들어왔다.

란코는 빨간 크레이프 블라우스를 입고 있었고, 스커트는 검은 바탕에 레몬옐로우와 로즈, 에메랄드그린이 눈부셨다. 말하자면 심플한 배색에 이집트 문양이 그려진 스트레이트 라인 같은 스타일은 극단적으로 배척하고 있었다. 물론 구두에는 양피로 멋을 낸 리본이 달려 있었다.

지하실로 내려오는 란코의 모습이 갑자기 나타난 찰나, 뭔가 웅성거림이 있었다. 테이블을 메우고 있던 악덕해 보이는 러시아 남자들은 일제히 그녀를 맞이했고, 거만해 보이는 란코는 러시아인들과 차례로 포옹을 하기도 하고 손을 잡기도 했다. 이윽고 아주 고급스러워 보이는 옷을 입은 중년의 유태인이 의자로 달려들었는데, 구석에서 가만히 바라보니 란코가 한 명 한 명 손을 잡거나 안고 있었던 것은 상대의 주머니 사정을 알아보기 위한 것이었다. 그녀의 손바닥과 가슴은 청진기 같은 민활함을 갖추고 있었다.

이를 본 친구는 매우 불쾌해했다.

"이봐, 어서 돌아가자구. 너무 천박하네."

이렇게 말하는 친구의 눈은 분노와 증오로 타오르고 있었다.

정말 불쾌한 여자다. 일본인이라는 것을 대표하는 저 검은 눈동자를 흔들어서 빼주고 싶을 만큼 여자의 행동은 지저분하다.

히토미 기누에(人見絹枝)라는 여성이 스웨덴 올림픽에서 홀로 일본 국기를 달고 세계 각국의 백육십여 명과 경기를 한 것이 아름다운 한 면이라면 야마지 란코는 추악한 그 반대면이다.

친구가 자리에서 일어나서 나도 졸린 몸을 일으켰다.

그런 속에서 흐르는 음악에 맞춰 찰스턴(charleston. 1920년대 에 유행한 빠른 템포의 사교댄스. 폭스트롯의 일종)을 추고 있는 무희들과 그 주위에서 몇 팀이나 원무를 하고 있는 연회장의 인파 속을 빠져나와 출구로 향하는데, 친구 앞에 빨간 크레이프 블라우스가 팔랑거리면서 날아왔다.

"어머……, 돌아가시는 거예요? 왜 돌아가세요…… 좀 더 놀고 가시지. 차만 마시고 아침까지 계셔도 괜찮아요."

야마지 란코의 만류는 매우 집요했고, 또한 아주 능수능란했다. 친구는 말을 더듬는 버릇이 있는 남자였는데, 은빛 거미줄처럼 부드럽게 감기는 란코의 말은 매몰차게 자르기가 힘들었다.

"제가 살게요…… 아침까지 같이 놀아줘요. 당신들은 착한 사람들 같은데. 아까 절 노려봤었죠? 전 다 알아요. ……멋있네요, 당신들 화난 얼굴."

그녀는 혼자 이런 얘기를 떠들다가 술을 마구 주문해서 가져오게 했다. 그리고 친구와 내 이름을 번갈아 부르면서 건배를 했다.

"그렇게 추궁당하면 싫은데…… 절망적이에요…… 절망이란 게 어떤 건지 당신들은 모르겠죠. 그걸 알게 되면 모두들 나 같은 야쿠자가 될 거예요. 일본이 정말 그리워요."

란코는 예쁜 눈꺼풀을 파르르 떨면서 파우더로 얼룩진 눈물방울을 세련된 블라우스의 타이 위로 똑 떨어뜨렸다.

친구와 나는 서로 얼굴을 마주 보았다. 이런 여자가 눈물을 흘리다니 무섭기도 하고 어딘가 병적인 것일지도 모른다는 생각이 들었다. 이런 여자는 자칫하면 극단적으로 변화할지도 모르는 격한 희비의 감정을 갖고 있다. 하지만 나는 란코의 눈물에 호감을 품게 되었다.

마치 모래밭을 휘젓다가 진주를 발견했을 때와 같은 환희…… 우리는 이제 그녀에게 무언가 말을 건네야 할 입장이 되었다.

"고국으로 돌아가고 싶겠죠. 돌아가세요. 당당하게 돌아가면 되잖아요…… 당신은 자신을 너무 거칠게 다루는 군요……"

내 말을 듣고 여자는 더욱 크게 울기 시작했다. 홀에 있던 러시아인들은 붉은 크레이프 옷을 입은 채 울고 있는 여자에 대해 아무런 관심도 표하지 않고 폭스트롯(fox trot. 1910년대 미국에서 유행한 사교댄스)을 추고 있다.

란코는 이렇게 비통한 일이 과거에도 있었는지, 굳게 입술을 다물고는 말이 없었다. 하지만 한 판 울고 나더니 마치 소나기가 그친

듯 또다시 씩씩하고 요염한 그녀의 미소가 테이블에 흘러 넘쳤다.

짧은 여름밤은 벌써 새벽이 되어 있었다.

홀의 사람들이 점점 줄어들었고 우리도 테이블에서 일어나자 란코는 쓸쓸해 보였다.

"당신들은 금방 하얼빈에서 사라지겠지요.

……좋아요, 그럼 안녕……"

란코는 이런 말을 하면서 우리가 돈을 지불하려는 것을 막고 계속 자리에 남아 있었다. 우리는 그대로 지하에서 올라와서 마차를 탔다.

친구는 잡다한 거리의 소란함 속에서 이런 말을 했다.

"그 여자는 언제 하얼빈에 온 건지 모르겠어. 여급이나 여배우, 아니면 좋은 집안의 아가씨였다가 몰락한 건지도 전혀 모르겠단 말이지. 야마지 란코라는 이름도 예명이라고 알려져 있어. 저렇게 해서 러시아인들이나 중국인들만을 상대로 술을 마시거나, 또…… 옷자락에 문양이 찍힌 기모노를 걸쳐 입고서 러시아인과 팔짱을 낀 채로, 키타이스카야(하얼빈의 중심가)나 프데와야(하얼빈 모스토와야가 부두 구역의 번화가)를 걷기도 해서 사람들을 놀래키기도 하지. 일본인 따위는 무시하고…… 신기한 잡초 같은 꽃이야."

나는…… 그 다음날 주정뱅이 하얼빈과 헤어져 기차를 타고 남쪽으로 육백 리를 달렸다. 그날 밤에 돌아올 여정으로 다롄(대련)에 갔던 것이다. 호시가우라(星が浦)에서 낚시를 하고 있는 도중에 그 여자의 환영이 갑자기 파도 위로 떠오르기도 하고, 원고지 위에 나타나기도 하는 등 기분이 이상했다.

8월이 다 지나가려 하고 있던 어느 아침의 일이었다.

애완견 체리가 물어온 편지를 침대 안에서 받아들고 읽어보다가 나는 눈이 휘둥그레 해졌다.

“젊은 러시아인과 삼 일 간 연애에 탐닉했던 란코가 자살했다. 이백 달러는 될 것 같은 멋진 기모노를 입고 자살한 것이다. 사인은 아직도 판명되지 않았다. 경찰에서는 그녀가 실연을 당한 끝에 몸을 함부로 굴리다가 절체절명의 위기에서 죽음을 선택한 것이라고 말했다. 하지만 그것은 대강의 이야기일 뿐이다. 조금이라도 아는 사람이 죽는 것은 슬픈 일이다. 십자가를 그어라…… (나는 문구대로 십자가를 그었다.) 불쌍한 란코다. 나는 지금, 너와 나 두 개의 꽃다발을 공동묘지 검은 흙 위에 놓고 돌아왔다.

나는 너무 놀라 눈이 번쩍 뜨였다. 그리고 멍하게 야마지 란코의 숙명에 대해, 안개처럼 피어오르는 그녀의 죽은 얼굴의 환영 속에서 한동안 깊은 생각에 빠졌다.

무희 다카다 아키코(高田明子)

바닷새가 갑자기 발견했다는 국제적인 러브신의 제1막이다.

와카쿠사야마의 관측소 기둥에 북서풍을 알리는 깃발이 휘날리고 있었다. 초가을 바다에 빨간 수선을 담그고 다롄항의 외곽을 천천히 달리고 있는 홍콩호라는 배 옆으로 세관의 소증기선이 가까이 접근했다. 넥타이를 매고 펠트 기지의 신식 모자를 쓴 신문기자가, 배에 매달려 있는 밧줄 계단을 요령 좋게 올라와서는 선실 안으로 들어 닥쳤다. 젊은 사람들은 바닷새가 발견했다는 그 러브신 이야기를 듣고서 어지러운 듯이 눈을 깜빡였다.

홍콩호가 마침 다도해를 달리고 있을 바로 그 무렵, 위층 갑판의 팔걸이 의자에서 엘먼이라는 일등 선객과 다카다 아키코라는 고베의 무희가 입맞춤을 하고 있었다. 길고 긴 입맞춤이었다. 배가 반 해리를 움직였을 만큼의 긴 시간……, 그러고 있는 사이에 배 안에는 와글와글하는 작은 웅성거림이 라디오처럼 전파되었다.

"고래는 어디 있나?"

사람들이 이런 생각을 하며 갑판에 나와 보니, 엘먼과 아키코가 가슴 벅차게 차오른 흥분에, 푸른 파도를 배경으로 정신없이 심각한 장면을 연출하고 있었던 것이다.

선객들은 모두 근엄함을 자랑으로 삼고 있었다. 적어도 태양 빛 아래서는 근엄해야만 한다. 남자와 여자가 삼림의 수목처럼 가지를 교차시키는 것은 꼴불견스러운 죄악이라고 생각하고 있었다.

활동사진이라면 이렇게 관능적인 장면은 검열관의 손에 가차 없이 삭제되겠지만, 차마 엘먼과 아키코의 목을 싹둑 자를 수는 없었다.

사무장은 선객들의 증오를 대표하기 위해 조용히 다가섰다.

“저, 바다 경치를 좀 보시죠…… 저 작은 섬에는 조선인이 살고 있어요……”

존 배리모어의 바다 괴물 같은 러브신이 흐트러지고, 두 사람은 얼굴이 새빨개진 채 부끄러움을 감추려는 듯이 사무장이 손가락으로 가리킨 바다풍경 쪽으로 시선을 돌렸다.

상황이 이렇다보니 갑판에 있던 선객들의 모습은 이미 보이지 않았는데, 그린 컬러 커튼이 걸려 있는 선실 창문에서는, 호호호, 하는 젊은 숙녀의 부드러운 조소와 흥분한 청년의 휘파람 소리, 그리고 노인이 코를 푸는 소리 등의 웅성거림이 들려왔다.

이러한 정경은 홍콩호가 부두에 다가서자마자 재빠르게 달려간 젊은 신문기자의 발과, 신속하게 원고지를 채운 그의 펜에 의해서 시중에 선전되었다.

다카다 아키코는 인파에 섞여 배의 계단을 내려와, 마중을 나와 있던 젊고 아름다운 일본 청년 재즈 바이얼리니스트인 애인과 함께 금새 자취를 감추었다.

그날 밤, 중국어의 천재라고 불리며 베이징에 중국인 약혼자 아가씨가 있는 젊은 신문기자 친구가 나를 찾아왔다.

"택시를 타려고 하고 있길래 따라가서 칵테일 맛에 대해 소감을 묻는 인터뷰를 했지. 조금 잔인한 것 같긴 했지만 말이야. 그랬더니, ……몰라요, 하면서 금방 차를 달려 가버렸어. 어디 숨어 있는지 알아내면 재미있을 텐데…… 뭔가 범죄의 냄새가 나는 여자라구."

그는 이런 얘기를 하면서 밤늦게까지 차를 마시고 돌아갔다.

그 다음날이었다. 내가 투숙하고 있는 호텔의 호객꾼인 야콥 프루류카가 나쁜 동료의 중상모략으로 아편 밀매 및 여성 유괴 혐의를 쓰고 추방되게 되었다고 그의 부인이 울면서 나를 찾아왔다. 그의 결백을 주장하기 위해 나는 다롄 경찰서에 있는 고사카(小坂) 경부를 방문했다.

마침내 용건에 대해 고사카 경부가 잘 이해해주었다. 야콥을 구해내어 데리고 돌아가려고 하는데 거기에 사뿐사뿐 가벼운 스텝으로 들어오는 여자가 있었다.

프랑스제 황금빛 뉴스타일 모자를 쓰고 레몬옐로우 스트레이트 라인 옷을 입은 단발의 여자였다.

다카다 아키코군……, 나는 이렇게 직감하고 돌아가던 발걸음을 잠시 멈춘 채 어떤 일이 일어날지를 기다렸다.

아키코는 나카이(中井) 특무(特務)의 탁자에 턱을 괴고 앉았다.

"당신은 고베에서 무희였군요. 뭐 그런 건 상관 없지만. 배 안에서는 엘먼에게 돈을 받았죠?"

나카이 특무는 매우 상식적인 남자였지만 나는 이 질문을 듣고 "어이쿠 이건 정말 어설프군"이라고 생각했다.

"받았어요. 삼백 원. 그 사람은 나를 고베에 있을 때부터 예뻐했어요. 우연히 배 안에서 딱 마주쳐서 이런저런 얘기를 하다가, 여행에서 돈이 없는 거야말로 가장 아쉬운 거라고 말씀하시면서 주셨어요. ……지금은 그 돈은 나한테 없어요…… 다나카 유지(田中雄二)한테 줘버려서."

역시 아키코의 대답은 튕겨 나오는 공처럼 돌아왔다.

"그렇게 꼴불견인 짓을 하시면 안 되지요."

"아, 그런가요?"

"외국인이라니…… 별로 좋은 일이 아니에요. 풍기문란한 일을 저지르면 상당히 무거운 벌을 받게 되는 건 아시죠?"

나카이 특무의 얘기는 컨트롤이 되지 않았다. 그 주위에는 젊은 신문기자들이 하나 둘 늘어나서 아키코와 나카이 특무가 있는 탁자를 에워쌌다.

"알고 있죠…… 경찰이라는 데가 약한 사람들을 괴롭힌다는 것 정도는"

"그렇지 않습니다. 선량한 사람들에게는 아무 간섭도 하지 않지요. 하지만 예를 들어 여자가 돈을 받고 그 대가로 음란한 짓을 한다면 일정의 범죄가 성립되니까요……"

나카이 특무는 날카로운 메스를 들이대고 조금 의기양양해 했으나, 아키코는 명랑한 웃음으로 부정했다.

"그럼 좀 물어볼게요. 제가 엘먼 씨하고 사랑을 한 거라면 어떻게 되나요? 나는 엘먼 씨를 좋아하고 그 사람도 저를 좋아해서…… 그래서 사랑의 표현으로 돈이며 오팔 귀걸이를 받기도 하고 주기도 했다면…… 연애는 자유 아닌가요? 경찰은 그런 것까지 간섭을 해야 하나요? 다롄의 경찰들은 참 속도 좁군요."

나카이 특무가 한방 먹었다.

그렇게 아키코는 수선화 같은 몸을 홱 돌려서 나가버렸는데, 신문기자들은 다음과 같이 말했다.

"나카이 군이 졌어. 참패네. 하하하."

다카타 아키코는 그 후 감부(監部)길에 있는 빅토리아라는 가게 무희가 되었다.

일본인 댄서가 드문 다렌에서는 대단한 평판을 얻어서 음흉한 외국인들이 몰려들었다. 하룻밤에 백삼십 원 정도로 티켓 요금이 오르고, 또 삼백 원 정도 음식비가 들었다고 한다. 하지만, 경찰에서는 그녀를 다시 소환하여 무희로 일하는 것을 금지시켜 버렸다.

우리 호텔 앞에 카페 릴리라는 곳이 있었다.

글을 쓰다 지쳐서 그 카페의 홀에서 맥주를 마시고 있었는데…… 다카다 아키코가 젊은 애인과 칵테일을 마시고 있었다.

"어머, 그때 계셨던 분이죠, 경찰 때문에 요즘 심심해요…… 이제 다렌도 안 되겠어요…… 나 내일 배로 상하이로 갈 거예요."

나는 이 말을 들으니 그녀가 불쌍하게 여겨졌다.

"하지만 상하이는 무서운 곳이에요, 가신다면 아주 조심하셔야 됩니다."

"글쎄… 무섭다고 하지만, 세상에 정말 무서운 일이 있긴 한 건가요?"

다카다 아키코는 이런 말을 하고는…… 애인 남성을 종잇조각처럼 다렌에 버리고 그 다음 날, 다렌호를 타고 상하이로 떠났다.

상하이에서 음독사(毒死)한 여자

아카시아가 산과 들에 하얀 눈처럼 피어 있고 흐릿한 달빛이 은은하게 꽃을 비추고 있는 6월경이었다.

상하이로 여행을 떠난 화가 F 여사로부터 이런 편지가 도착했다.

> 이 사람이 바로 그 사치코(幸子) 씨인가요? 정말 믿어지지가 않네요. 칭타오(青島)에서 상하이로 가는 배의 객실에서 미지의 상하이에 대한 예비지식이 없는 제가, 신문을 넘기며 읽다가 우연히 이 슬픈 얘기를 알게 되었습니다. 그녀가 북 사천로(四川路)에 있는 한 아파트에서 쓸쓸하게 죽어갔다니, 도저히 상상이 안 됩니다.

편지는 시작 부분부터 이런 센세이셔널한 것이었는데, 그 안에는 "죽음에서 안식처를 찾은 불쌍한 사치코"라는 제목이 붙은 『상하이일보(上海日報)』에서 오려낸 기사 조각이 동봉되어 있었다.

나는 1926년 3월에 베이징에서 다롄을 방문한 이후의 사치코에 대해 조용히 기억을 되짚어 보았다.

결혼 생활의 파탄이 결국 그녀를 파멸의 나락으로 빠뜨렸다.

> 순진한 젊은 여성인 그녀의 남자에 대한 일편단심의 집착은 원한으로 바뀌었고, 원한은 다시 저주로 변했다. 환락과 비애, 미인과 눈물…… 댄스홀의 소음 속에서 시간을 보내 보아도 위로는 되지 않았고 오히려 고뇌가 깊어질 뿐이었다. 그녀의 주변에는, 자포자기한 그녀의 마음을 이용하려고 접근하는 이성들이 악마처럼 우글거렸다.
>
> —『상하이일보』 기사의 일부

"저는 상하이에 가려고 결심했어요, 괜찮겠지요? 언제까지 이렇게 있는 것도 그 사람을 괴롭히는 일이 될 테고, 또 부인의 정절에 대해서도 마음이 무거워서 언제나 책망 받는 기분이에요. 결단을 내리고 상하이에서 양복 기술을 배워 와서 장래의 안정을 찾아보고 싶어요."

그때는 벌써 눈이 오려고 하던 무렵이었는데, 갑자기 찾아온 사치코가 외투를 벗지도 않은 채 나에게 한 말이었다.

그녀의 흥분된 말을 듣고 나는 가만히 조용한 눈으로 대답했다. 나는 그녀의 계획은 아주 좋은 일이라고 생각했다. 패트런과의 사이에 한계가 와서 어떻게도 할 수 없게 된 그녀에게 있어, 상하이라는 이름은 적지 않은 걱정과 불안을 느끼게 했다. 그녀는 얌전히 내 충고에 수긍했지만 결국 그 결심은 바뀌지 않았다.

패트런에게 얼마간의 돈을 받아 상하이로 여행을 떠난 것은, 그 후 일주일 정도가 지난 후였다. 아마도 그것이 죽음으로 한 발자국 다가서는 것임은 그녀도 나도 모르고 있었다. 그리고 얼마 후에 이런 연락이 왔다.

> 계획은 모두 빗나갔습니다. 나의 하숙집에는 얼굴도 모르는 남자들이 매일 삼십 명 정도 모여듭니다. 모두들 뻔뻔한 사람들로 혼자 몸인 저를 먹이로 삼으려는 늑대들입니다. 하지만 이 어린 양은 결코…… 그러니 안심하세요.

나는 이 편지에 놀랐다. 그리고 서둘러 다롄으로 돌아올 것을 권했는데, 그 후로는 연락이 뚝 끊어졌다. 불안한 기분인 채로 20일 정도 지났을 무렵, 괜찮아야 할 어린 양에게서 괴로움을 호소하는 편지가 왔다.

> 돈은 없어졌고, 뭐든 될 대로 되겠지요. 나는 블루버드에 들어갔어요. 제 약한 마음을 미워하세요.

무서운 상하이! 결연히 장래를 위해 나아가고자 했던 사치코는 위태롭게 진흙탕에 앉아 술과 쾌락을 파는 부패한 노동의 세계로 들어가 버린 것이다.

사육제 날이었다. 나는 친구와 둘이 야마가타(山縣) 길에 있는 사노시안에 가서 러시아인들의 종교적 음식인 프신을 배부르게 먹었다. 내 방에 돌아와 보니 빨간 옷을 걸치고 갑자기 혼자 나타난, 보석처럼 빛나게 차려 입은 사치코가 기다리고 있었다.

"저 다롄에서 미용원을 시작하려고 생각하고 왔어요, 어딘가 좋은 곳이 없을까요?"

사치코는 상하이에서의 아픔을 조금도 표정에 드러내지 않았고, 오히려 광적으로 들떠있었다.

"이 옷 멋지죠? 4월에 산 옷이에요. 세상의 유행이 너무 빨라서 정말 곤란하지 뭐예요. 돈이 정말 별 게 아니라니까요. 한 푼도 없는 사람도 퍼프하고 코티 분만 있으면, 홀에 가서 오륙백 원은 벌 수 있어요. 미국인 마도로스는 금방 취하니까, 그러면 바로 그 주머니에 있는 돈다발을 가질 수 있어요. 도둑이라구요? 뭐 그건 그래요. 상하이는 모두들 도둑이죠. 제대로 된 인간 따위는 한 명도 없어요."

싱긋 웃는 그녀의 얼굴에는 역시 감출 수 없는 고통에서 오는 피로가 배어나왔다.

"아기는요, 죄 많은 사람 세상에 태어나서 고난의 일생을 보내게 하지 않으려고 이미 처리했어요. 편리해요, 그쪽의 전문 병원이 있어서 2달러만 주면 산처럼 불룩한 배가 납작해지니까."

그녀의 패트런이자 태어날 아기의 아버지였던 사람은 떨떠름해하며 나를 맞이했다.

"왜 이렇게 되어버렸을까요. 그 여자를 책임질 수 없는 비겁한 놈이라고 불릴 이유는 결단코 없습니다. 파혼을 하고 나한테 왔던 그녀는 순정적이었지요. 나한테서 고집스레 떠나갔다가 다시 돌아온 그녀에게 더 이상 예전에 품었던 애정은 전혀 남아 있지 않습니다. 성격도 딴사람이 되었고, 추한 모습이에요. 불쌍하게 생각했습니다. 이렇게 되어버린 사치코를 원망도 했습니다. 하지만 사치코가 나에게 품었던 희망에 대해 나는 불타는 애정이 아니라, 그녀가 품은 희망의 10분의 1에도 못 미치는 담담한 연민만을 주었기 때문에 그 여자는 정말 실망했던 거지요. 어떻게도 할 수 없는 상황이 된 겁니다.

패트런인 하야시 에이잔(林英三) 씨는 푸른빛 다롄만의 바다 앞에 서서 수심에 잠긴 채 말했다. 그것은 그녀를 실은 배가 다시 상하이로 그녀를 데려가기 위해 다롄항 외곽을 달리고 있을 때였다.

죽을 곳을 찾지 못한 사치코는 다시 상해를 향했다. 한 가닥의 희망조차 끊어져 버리고, 상현의 달이 완전히 지평선에서 빛을 지웠다. 그녀는 장마비가 부슬부슬 내리는 오월 이일, 영원히 이 세상을 떠났다.

—『상하이일보』 기사

그 후 바로 그 지역의 친구가 사건의 전말을 알려왔다. 사치코는 북사천로에 있는 아파트의 한 방에서 조용히 음독자살을 했으며, 죽어 있는 그녀를 애인인 러시아인 청년 콘스탄틴이 발견했다.

블루버드에서 시작해 남경로(南京路)에 피어나는 거리의 여자가 되어 제정신을 잃고 불과 반 년 만에 죽음을 맞이한 그녀는, 단지 환락만을 쫓다가 그 이면에 숨어 있는 연옥(煉獄)의 고난을 눈치채지 못하고 거칠게 날뛰는 말이 전락하듯이 어쩔 도리 없이 악마의 함정에 빠진 무지한 여성이다. 세상의 젊은 여성들이여, 상하이를 두려워하라. 환락을, 허식을……

사치코의 관이 러시아 엘레지가 흐르는 떠들썩한 거리를 지나 초라한 묘지로 운반되어 가는 것을, 이기적인 바람둥이 상하이인은 뒤돌아보지도, 애석해하지도 않았을 것이다.

*『朝鮮及滿州』 第242号, 1928.1

‖ 범죄 관련 기사 ‖

조선에 있어서의 범죄 상황

–내선인 범죄의 내역 / 범죄증가의 추세 / 범죄의 변천–

●

어느 기자

• 조선의 형법범 및 특별법범의 숫자와 범죄 검거 성적에 대해 조사해보니 작년 1917년에는 형법범 범죄 건수가 94,176건, 검거 건수는 80,425건, 특별법범은 범죄 건수 54,652건, 검거 건수 54,647건이다. 따라서 형법범은 13,751건, 특별법범은 5건의 미검거가 있었다.

이들 범죄인의 검거수의 내역을 살펴보면 내지인 10,561명, 조선인 161,675명, 중국인 1,379명, 기타 외국인 5명으로, 이 합계는 173,220명이라는 많은 숫자이다. 검거 건수 30만여 건에 대해 검거 인원 27만여 명에 달하는 것은 한 건의 범죄 사실에 두 명 이상의 사람이 관련되어 있는 경우가 있기 때문이다.

• 다음으로 범죄의 종류를 살펴보면, 강도 1,398건, 절도 35,651건, 방화 277건, 통화위조 67건, 살인 391건, 상해치사 196건, 사기 9,619건, 공갈 879건, 횡령 7,502건, 약탈 7,653건, 기타 형법범이 20,543건이다. 검거 건수는 강도 1,120건, 절도 22,613건, 방화 237건, 통화위조 41건, 살인 370건, 상해치사 194건, 사기 9,636건, 공갈 862건, 횡령 7,503건, 도박 17,732건, 기타 형법범 20,145건, 특별법범 54,647건 등이다.

이중 횡령죄나 도박범 등이 같은 해 다른 범죄 건수보다 검거 건수가 많은 것은 일견 기이해 보인다. 하지만 범죄가 반드시 그 해 안에 확실히 검거될 수 있는 것이 아닌 이상은, 건수의 차이가 생기는 경우에 범죄 건수가 검거 건수보다 많기도 하고, 어떤 경우에는 그와 반대의 현상을 보이는 것은 이상할 것이 없다. 즉 전의 범죄가 그 연도가 되어서 많이 검거된 경우에는 검거건수가 범죄건수보다 많아지는 것이다.

• 1912년에서 1916년까지의 범죄건수 증가 추세를 보면 1912년에는 64,804건이었는데 1913년에는 16,566명이 증가하여 81,370건이 되었고, 1914년에는 1913년도보다 약 6,500건이 늘어나서 87,848건이 되었는데, 다음해 1915년에는 100,306건으로 증가했

고, 1916년도에는 일약 25,000건이 증가하여 126,164건이 되었다. 1917년에는 앞서 말한 것처럼 2만여 건이 증가하여 15만 건에 가까운 상태에 이르렀다. 겨우 5~6년 사이에 범죄는 배 이상으로 증가했다는 사실은 실로 놀라운 일이 아닐까.

이들 범죄 중에 내지인의 범죄 검거수는 1912년에는 9,004명, 1913년에는 10,103명, 1914년에는 8,912명, 1915년에는 9,425명, 1916년에는 10,544명, 1917년에는 10,161명이었고 재작년이 가장 많았는데, 근년 매년 만 명에 이르지 않은 적이 없다. 불과 30만 전후의 이주자 중에서 매년 1만 명 이상의 범죄 검거수를 올리고 있다는 것은 놀라울 만한 일로, 조선인 범죄수의 비율보다 훨씬 높은 것이다. 이에 비추어보아도 재조선 일본인의 소질이 나쁘다는 것을 알 수 있다. 깊이 반성하고 자중해야 한다고 생각한다.

● 조선인 범죄의 특징이라고 할 만한 것은 강도, 살인, 간통죄, 사기, 횡령 등이다. 강도범의 한 요건은 흉기를 소지하고 있다는 것이다. 불량 조선인은 대개 뭔가 흉기를 들고 쳐들어가는데, 이는 한 편으로는 상대에게 공포심을 느끼게 하고 다른 한 편으로는 자신의 몸을 보호하려는 나약한 심리상태에 기인하는 것이다. 살인범도 또한 이와 같은 심리상태에서 상대방을 대한 끝에, 결국에

는 극단적 상황에 이르게 되는 자가 많은데, 이런 사람들 중에는 지적 수준이 낮고 양심이 둔하여 잔혹한 행위를 비교적 태연하게 감행하는 자가 적지 않기 때문이다. 조선 부인들 중에 간통죄가 많다는 것은 예로부터 내려오는 사실로, 이는 부인을 실내에 칩거시키는 점에서 오는 폐단이다. 절도, 방화, 통화위조, 도박 등에도 조선인 범죄자가 많으며 이는 매년 증가세를 보이고 있다.

요컨대 종래의 범죄는 내지 범죄에 비하여 유치하면서도 동시에 잔인성을 띠었는데, 근래 조선인들의 일반적 지식이 향상함에 따라 소위 지식범이 증가하게 되었다. 최근 몇 년 사이에 조선인 지식계급 중에 통화위조, 사기 취재 등이 점차 증가하고 있다. 이는 필연적인 추세이며, 앞으로 이를 저지하기는 어려울 것이다.

● 대다수의 내선일본인의 범죄는 사기, 횡령, 공갈, 도박으로 이들은 저급한 조선인을 상대로 행해지는 경우가 많다. 절도죄도 상당수 있지만 강도, 방화, 살인 등의 범죄는 극히 드물다. 하지만 최근 일본에서 문제를 일으키고 경찰의 요주의인물이 되어, 내지에서는 일을 못하게 된 사람이 이곳으로 도망쳐 와서 일을 한다. 소매치기나 사기꾼 같은 자들이 늘어났기 때문에 조선인들도 이를 배워 그 비법을 습득한 후 교묘한 범죄를 저지르는 이들이 증

가했다고 한다. 또 재조선중국인 범죄의 대다수는 절도, 도박 등으로, 그들의 대부분은 소위 지능범이라는 부류는 극히 소수라고 한다.

◉ 참고로 말하자면, 평양의 부인 살인사건(내지인), 함경북도의 금융조합회 이사(내지인) 살인사건, 그 외 두세 건의 중범죄범이 아직도 검거되지 않은 것은 유감이다. 상인 살해범 도노가와 요시오(都野山義雄)와 다다노부(忠信)의 사건은 이달 안으로 공판이 개최될 것이라고 한다. 아마도 이들의 공판법정은 많은 사람들로 붐비게 될 것이다.

*『朝鮮及滿州』 第171号, 1922.2

‖ 범죄 관련 기사 ‖

영하의 날씨에도 온기조차 없는 서대문감옥 참관기

—조선인들로만 가득한 감옥—

한 기자

서대문 전차 정류소를 북쪽으로, 독립문을 지나 산기슭 가까이에, 무섭게 높이 둘러쳐 놓은 벽돌담, 이를 통과하기 위한 철문을 두드리고 감옥 안으로 들어갈 수 있었다. 마침 전옥(典獄. 감옥의 수장)은 출장 중이어서 노무라 미쓰테루(野村光輝) 씨에게 설명을 들었다.

서대문감옥은 목하 수인(囚人) 및 형사피고인 등 천팔백오십팔 명을 수용하고 있으며, 여기에는 순수 수인뿐만 아니라 미결수도 상당히 많은데 그 숫자는 사백오십 명 정도다. 내지인 범죄자는 영등포에 수감되고, 조선인은 거의 서대문과 마포 경성감옥으로 끌려간다. 지금 쓰는 서대문감옥 수인 기사는 모두 조선인에 관한 것이다.

근래 사회문제 중의 하나인 수인과 사회와의 문제 및 그에 대한 정책이라고 할 만한 것들은 각국의 사정을 평등하게 고려한 것이다. 그 공통점은 범죄자가 출옥해 사회에 나왔을 때, 삐뚤어진 근성을 다시 일으키지 않도록 교도할 것과, 사회가 그들을 받아들임에 있어 냉혹하지 않아야 한다는 점에서 일치되는 듯하다.

이는 감옥이 지금까지 일반적으로 보복적 제재를 가하는 곳이라는 관념을 벗어나, 불쌍한 수인을 교화하여 사회로 보내는 곳이라는 관념을 사회의 사람들에게 품게 하고, 수인들을 선인(善人)의 길로 이끌어야 한다는 의견으로 보인다.

이런 관념이 사회의 사람들이나 일상적으로 수인을 접하고 있는 사람들에게 있어 철저해진다는 것은 좋은 일이지만 이는 정도의 문제이기도 하다. 그런 관념 쪽으로 너무 기울어 버린다면 감옥이 보복적 제재, 즉 악을 징벌한다는 의미가 사라지는 결과를 낳아 오히려 나쁜 결말을 부를 수도 있다.

감옥 내에서는 수인이 거주하는 방을, 잡거방과 독거방으로 나누는데 그 어느 쪽도 겨울의 추위에 대비한 설비는 갖추고 있지 않다. 원래 잡거방은 많은 수인들이 모여 있는 곳으로, 아무리 추울 때라도 영하로 내려가는 일은 없다고 한다. 그렇다면 독거방에 있는 수인은 상당히 추울 것이다. 영하 칠팔 도까지 내려가는 실내에서 온기도 없이 지내야 하므로 이것만으로도 그들이 저지른 죄악을 징벌하는 것이 된다.

방한 설비가 있는 곳은 수인 작업소와 수인 병자를 수용하는 병감뿐이다. 병감에 들어간 수인에게는 하루에 두세 번 따뜻한 물이 든 탕파를 교환해 준다.

감옥에서는 일반적으로 수인의 생활에 필요한 것은 모두 자급자족한다는 방침을 취하고 있다. 수인들이 입는 옷이나 음식, 그 외에 이발소 등 무엇이나 자급자족이다. 음식에 있어서 말하자면 쌀과 보리 이외의 다른 야채 등인데, 이는 넓은 땅을 필요로 하기 때문에 그때가 되면 간수의 감시 하에 농업을 위해 외출한다. 따라서 겨울에는 외출할 기회가 별로 없는 것 같다.

조선인 범죄도 근래 십 년 정도 사이에 현격한 변화를 보였다고 생각되는 점이 매우 많다. 도둑이라는 자들은 어디나 마찬가지로 많은데, 조선인 도둑도 증가 일로에 있다. 조선인들 중에 종래에는 강도가 상당히 많았는데, 근래에 들어서는 좀도둑이나 날치기가 현저하게 늘어났다. 소매치기라는 범죄는 십 년 전까지는 전무했다고 한다.

인간은 일반적으로 누구라도 도벽이 있다고 주장하는 학자도 있을 정도로 인간의 욕망과 훔친다는 행위에는 어딘가 밀접한 관계가 있다. 조선인은 훔치는 행위를 아무렇지도 않게 생각하는 습성이 있다. 이는 습관에서 온 것이겠지만 남의 물건을 훔쳐도 돌려주면 괜찮다는 생각이 일반적으로 퍼져 있는 듯하다.

이미 요즘은 거의 사라진 범죄이기는 하지만, 십 년 전쯤에만 하더라도 돈을 훔치려 하는 집 묘지에서 시체를 꺼내 두개골만 가져가서는, 돈을 가져오면 이 두개골을 돌려주겠다는 식으로 협박하는 범죄가 상당히 많았다고 한다. 이러한 수법으로 돈을 빼앗긴 이들은 경찰에 가서 신고하면 된다는 것을 모두 알고는 있었지만, 경찰에 가면 매를 맞거나 폭력 피해를 입는다고, 즉 경찰은 때리고, 또 두들겨 패는 곳이라고 생각해서 경찰에 찾아가기를 겁내게 되었다는 것이다.

조선인의 성질은 유약하고 게을러서인지 비교적 난폭한 범죄가 적다. 또한 상대적으로 많은 것은 간통인데, 여자의 남편이 고소를 하는 것은 자신의 처가 미워서가 아니라, 상대편 남자를 감옥에 넣기 위해서이기 때문에, 출소일이 되면 남편이 감옥까지 태평하게 부인을 데리러 온다고 한다. 그리고 개중에는 남편이 감옥에 면회를 와도 말도 나누지 않는 여자가 있다고 한다.

수인의 수양사업이라고 부를 만한 것을 살펴보면 지금으로서는 교회사(教誨師. 형무소에 수감된 죄수를 가르치고 교화하는 일을 맡은 종교인)가 일주일에 한 번 모두를 모아 수신 강화(修身講和)를 하는 것 이외에는 별다른 것이 없다. 이 강화는 꽤 수인들에게 필요한 것인 듯하다. 그들이 출옥할 때는 담임목사가 수감 중 가장 좋았다고 느낀 것이 무엇인지 물으면, 대개의 사람들이 모두 각각 자신이 감명한 강화의 한 구절을 빼놓지 않고 전부 얘기한다는 것이었다.

다이쇼(大正. 1912~1926) 초기 무렵까지는 조선에서는 승려를 매우 경시하는 분위기가 남아 있었다고 한다. 그래서 담임목사가 그들을 선도한다는 것도 상당히 힘든 사업이었다고 생각된다.

지금도 조선인이 얼마나 문명 사상에서 뒤떨어져 있는지는 잘 알려져 있지만 시골에서 올라온 수인들 중에는 감옥이 어떤 곳인지, 무엇을 하는 곳인지를 전혀 모르고 온 이들이 많다. 또한 경성 감옥은 그 시설이 완벽하기 때문에 감옥에 들어간다면 경성에서, 라는 말이 나올 정도로, 일부러 경성에 와서 체포되는 사람도 있다고 한다.

*『朝鮮及滿州』 第242号, 1928.1

‖ 범죄 관련 기사 ‖

조선범죄 만필(1)

무라카미 노리오(佐藤憲郎)

고등법원 검사

들어가며

순서도 없고 계통도 없이, 마구 얽혀 있는 데에 만필(漫筆)의 만필다운 점이 있다. 특히 나는 학자가 아니다. 그렇기 때문에 내가 쓴 만필은 연구실에 틀어박혀 조용히 생각을 하는 사람들이 쓴 것과 비교하면 비교할 수 없을 정도로 말도 안 되는 저널일 것이다. 경성대학에는 범죄 방면의 훌륭한 학자가 있기 때문에 내 글이 인쇄가 된다고 생각하면 불안하기도 하지만, 본인은 검사라는 특수한 위치에 있기 때문에 여백을 메울 정도의 기사는 될 것이라고 생각한다.

영롱한 가을이 왔다. 벌레들에게도 여러 가지 생각이 있을 것이다. 조선 범죄의 편린에 대해 쓸 수 있다면 평범한 나무도 우담화(優曇華. 삼천년에 한 번 꽃이 핀다는 상상의 식물)가 될 것이다

남편 살인과 피의 복수

조선에 있어 남편 살인의 잔혹함은 유명하다.

이것은 연구 자료이다. 조선 부인의 지식수준이 높아지고, 결혼에 대한 자유가 주어지고, 남자가 이혼에 대한 체념을 빨리 한다면 살인이 줄어들 것이다.

지금처럼 이족혼(異族婚) 풍습에 좌우되고 결혼에 드는 비용이 고액인 상황에서는 여자를 데리고 온 남자가 결혼에 연연하게 된다. 그런데 그 여자가 자신에게 칼을 겨눈다면 참으로 견딜 수가 없을 것이다.

하지만 나는 남편 살인의 이유를 이러한 결혼 제도의 결함 등과 같은 사회적 원인에서 찾는 것이 아니다. 남녀의 불륜이라는 개성적 입장에 주목을 하는 것이다. 경상북도의 어떤 군, 혹은 어떤 면, 어떤 읍에서 일어난 이야기이다.

이 이야기는 에로틱한 문답으로 시작된다. 혼자 하숙을 하는 남자가 어느 여름 밤, 남편이 없는 부인을 불러 세웠다.

○ 저는 당신 때문에 병이 났습니다.

△ 그런가요?

○ 그러니 저를 살려 주십시오.

△ 참으로 유감입니다.

일국의 총리대신도 아픈 것은 참지 못하는데, 하물며 연애교섭의 발단에 있어 병을 사용하는 것은 당연한 일이다. 불륜의 두 사람은 그날 밤 관계를 맺었다. 남편이 돌아와 이들의 불륜을 밝혀냈지만, 몇 개월 후 탈항(脫肛)병에 걸려버렸다. 그는 병이 나으면 두 사람을 죽여 버리겠다고 말하고 다녔다. 불륜 관계인 두 사람은 한밤중에 아픈 남편을 죽였다. 여자가 고환을 갑자기 잡아당겨 심장마비를 일으키게 한 것이다. 그날 밤, 밝은 보름달이 참혹한 범죄 현장을 비추고 있었다. 하지만 자고 있는 줄 알았던 옆방 남자가 범행 현장을 똑똑히 목격해 이 두 남녀는 사형에 처해졌다.

여자는 법정에서 "남편이 탈항이 너무 고통스러워서 스스로 고환을 잡아당겨 죽었다."고 대답했다. 남편은 서른아홉 살, 부인은 스물일곱 살, 불륜 상대인 남자는 서른여섯 살이었다. 보통 조선의 남편 살인 사건은 여자가 연상인 경우가 많은데, 이 경우는 반대이고, 원인은 오직 불륜 때문이었다.

사회학이 범죄 방면으로 발달하면서, 범죄는 사회 제도의 불완

전성 때문이라고 하는 논의가 유행하고 있다. 마르크스 주의자는 오늘날의 범죄가 자본주의 때문이라고 한다. 조선에 있어서의 남편 살해의 원인을 사회제도에서만 찾는 것은 옳지 않다. 위의 사건이 이것을 증명해 주고 있다.

남편 살해 다음으로 테러를 들 수 있다. 사법제도가 완비된 요즈음, 개인적인 복수는 금지되어 있다. 하지만 조선에서는 동족끼리 다른 사람을 덮치는 사례가 존재한다.

한 예로, 강원도의 어느 산촌에서 일어난 일이다. 이 모 씨의 집에 놀러 온 허 모 씨. 두 사람은 갑자기 싸움을 하게 된다. 이 모 씨의 할머니인 김 모 씨(83세)가 싸움을 말리려는데 허 모 씨가 큰 소리로 '망할 할멈!'이라고 소리를 지르자 김 모 씨가 쓰러졌다. 허 모 씨는 경찰로 끌려갔지만 털끝 하나 건드린 일이 없었기 때문에 풀려나게 되었다. 의사의 소견에 따르면 부검상 신체적 사인이 될 만한 이상 소견이 없었기 때문에 정신적으로 타격을 받아 반사적 중추성 마비를 일으켜 사망에 이르렀다고 했다. 소위 말하는 질식사. 형법은 객관적 사실을 기초로 하는 것이 원칙이기 때문에 이런 경우에 객관적으로는 아무런 행위도 하지 않은(비록 소리는 질렀다 하더라도) 허 모 씨를 무죄라고 한 것은 당연하다. 하지만 화가 가라앉지 않는 이 씨 일가. '소리를 지른 것만으로 할

머니가 돌아가셨을 리가 없다. 뭔가 마술을 썼을 것이다.'라고 생각하고 친척 다섯 명이 손을 잡고 허 모 씨의 집으로 갔다. 허 모 씨는 당연히 이들에게 맞아 죽었다.

근대적 가미

지방에서 처음 경성에 온 사람들이 종로통에서 사기꾼들에게 당하는 일이 한두 번이 아니다. 청량리에서 동대문으로 가는 전차 안에서 허리에 찬 돈주머니를 소매치기 당한 시골 사람, 혹은 미인에게 돈사기를 당해 경찰로 뛰어가는 남자, 돈을 내지 않고 물건을 먹어치우는 사기, 연애 관련사기 등등.

모던 범죄는 뭐니 뭐니 해도 사상범들이라 할 수 있다. 소작 쟁의, 노동 쟁의, 출판 범죄, 공산당 사건, 등등. 군중을 대상으로 한다는 점, 계급 색채를 띠고 있다는 점, 재판을 부인하는 전술을 취한다는 점 등 근대적인 느낌이 물씬 난다. 요코야마 씨(橫山蕃頭子)가 쓴 「변호사에게 물어보면 판사는 아무것도 모른다」는 글을 재미있게 읽었는데, 특히 조선에서는 모던 범죄의 경우, 재판을 하기가 어렵다.

또, 주목해야 하는 것은 행정범이 증가한다는 점이다. 담배, 술,

삼림, 인삼, 아편, 양곡, 모르핀, 코카인 등은 나라의 재원, 혹은 신뢰이기 때문에 개인이 함부로 다룰 수 없게 되어 있다. 그런데 요즘은 이런 법규를 어기는 자가 많다. 철도 방해, 전차 사고, 자동차 사고 등도 근대적 범죄라 할 수 있다. 앞으로 조선에서는 이러한 범죄가 급증할 것으로 예상된다. 이런 사건은 사건이 갑자기 일어나 찰나에 끝나버리기 때문에 증거를 확보하기가 매우 어렵다.

아직도 조선의 도시, 촌락에서는 갓을 쓴 남자, 물동이를 이고 가는 여자, 소달구지 등과 같은 원시적 모습을 볼 수 있다. 하지만 이와 동시에 빠르게 문명 기계가 유입되고 비행기가 하늘을 날고 있는 모습을 볼 수 있다. 때문에 범죄도 점점 복잡해지는 것이다. 조선의 범죄 종류를 통해 조선 문화의 변화상을 관찰할 수 있다. 그리고 그 문화의 변화상에서 조선 민중의 생활 내용을 살펴볼 수 있다. 조선에서 어떠한 범죄가 일어나는 가를 살펴보는 것은 의미가 있는 일이다. 어느 나라건 사회생활이 있는 이상, 범죄가 생겨나게 된다. 하지만 범죄의 깊이와 넓이, 질과 양이 다른 나라와 비교해 많다는 것은 '조선은 행복하지 않다, 나아가 조선의 사회생활이 평안하지 않다'는 것을 의미한다.

요즘은 어떤지 모르겠지만, 몇 년 전 내가 조사한 바로는 조선의 범죄율은 외국은 물론 일본보다 높았다. 원시적 생활에 고착되어 있어 신시대의 문화에 대응할 수 없기 때문에 범죄가 일어난다고 한다면 이에 대한 대책을 고찰해야 할 것이다. 원래 정치라는 것은 행정적인 방면에만 국한되는 것이 아니다. 사법이라는 것도 나라의 정치를 행하는 것이라고 생각해야 한다. 나쁜 재판은 곧 나쁜 정치인 것이다.

범죄 발각

실내, 혹은 도로 위에서 시체가 발견된다. 그 사람이 왜 죽었는지 원인을 알 수 없는 경우, 이것을 변사체라고 한다. 변사체를 발견했을 때, 관의 검시를 거치지 않고 매장을 하는 경우, 벌금 혹은 과료에 처해지게 된다. 왜냐하면 관의 검시 결과 범죄를 발견할 수도 있기 때문이다.

갑자기 시체를 발견한 경우, 그 누구나 깜짝 놀라 그 자리를 뜨는 것은 당연한 일일 것이다.

×년 1월, 충청남도 안성군에서 어떤 남자의 시체가 발견되었다. 다음은 그 발견자에 대한 기록이다.

"그날 아침, 나는 풀을 베러 노곡리(老谷里)의 뒷산에 올라 풀을 베었습니다. 돌아오는 길에 산기슭에서 지게를 내리고 잠시 쉬는데 도랑에서 뭔가 허연 것이 보였습니다. 자세히 보니 그것은 사람의 옷이었습니다. 나는 깜짝 놀라 이장에게 가서 말했습니다. 이장은 얼굴이 창백해져서 다시 가서 확인하고 오라고 했습니다. 다시 산에 올라가 보니 이번에는 사람의 발 같은 것이 보였습니다. 나는 쏜살같이 달려 이장에게 갔습니다."

변사체를 발견한 사람의 감정이 나타나 있다. 산 속의 한적한 마을. 순사도 의사도 없다. 다음 날 고개를 넘어 이웃 마을에 있는 순사와 의사를 불러왔다. 말도 통과할 수 없는 험준한 지형이었기 때문이 그들이 늦게 도착한 것도 무리는 아니다. 부검 결과, 타살이며 죽은 지 삼십 일 내지 오십 일이 경과되었다고 했다.

순사는 마을 사람들을 모아놓고 최근 이 마을에서 물건을 주운 사람이 없는지 물었다. 한 남자가 지난 해 12월 초순 현장에서 여섯 간(間) 정도 떨어진 곳에서 색대(가마니나 섬 속에 들어 있는 곡식이나 소금 따위의 물건을 찔러서 빼내어 보는 데 사용하는 기구)를 주웠다고 했다. 또 유류품 중에 유력한 실마리가 될 만한 수첩 조각에 '7월 18일 황노일(黃魯一)에게 물품대금 십 원을 지불'이라고 적혀 있었다. 순사는 본서로 돌아가 황노일이라는 사람을 조사하기로 했다. 열흘 후 겨우 황노일이 평택에서 해산물 도매상을 하고 있다는 것을 알아내, 평택으로 가서 "7월 18일 당신에게 물품 대금 십 원을 준 사람은 누구인가?"라고 물었다. 그러자 바로 "황석연(黃錫淵)"이라고 대답했다. 황석연은 젓갈 장수로 평소 여기저기를 돌아다니는 사람이기 때문에 죽었을 거라고는 상상도 하지 못했다고 했다. 친척에 대해 묻자 황명연(黃明淵)이라는 동생이 있다고 해서 그를 찾아 현장으로 데리고 갔다. 겨울이었기 때문에 사체는 얼어 있었다. 시체를 본 황명연은 오열하며 쓰러졌다. 형이 틀림없다고 했다. 형은 이영호(李永鎬), 이호봉(李浩奉)에게 게젓을 팔았는데, 그 대금 삼십 원을 받으러 갔다고 했다. 경찰이 이영호와 이호봉을 찾아갔더니 그들은 며칠 전부터 행방불명 상태라고 했다.

수배를 개시한 지 하루 만에 헌병주재소에서 이호봉을 체포했다. 조사를 했더니 황석연에게서 게젓 삼십 원어치를 산 것은 분명하지만 그 이상은 아무 것도 모르며, 죽일 이유가 없다고 했다. 또 색대는 자신의 것이 아니라고 주장해 그냥 방면했다. 그 후 몇 년이 흘렀다. ××년 1월, 이호봉이 도박죄로 경찰서에 구치되었는데 그가 스스로 자신의 죄를 자백했다. 양심의 가책을 견딜 수 없었다고 한다. 흉악한 범죄를 지르면 시간이 지날수록 양심의 가책이 깊어지는 것 같다. 노련한 예비판사나 검사 등은 의심이 가도 무리하게 심문하지 않고 풀어준 후, 용의자의 거동에 주목해 새로운 증거를 찾아내기도 한다. 진범은 풀려난 후 뭔가를 은폐하거나 후회를 하게 마련이다.

이호봉 등은 게젓 대금 삼십 원을 마련하지 못해 황석연을 죽인 것이었다. 살해 일시는 의사가 말한 대로였다. 근처에 떨어져 있던 색대는 범인의 것이 아닌 것으로 밝혀졌다. 시일이 경과한 것을 참작해 재판부는 그들에게 무기징역을 선고했다. 순사의 기지, 의사의 지식, 재판의 노력이 이룬 결과이다.

위의 사건은 변사체 발견에서 범죄 발각, 범인 체포에 이른 한 예이다.

또 그 전 해 충청북도 괴산군의 어느 곳에서 일어난 일이다. 돈이 원을 빌려달라고 했는데 거절당하자 여우 사냥용 독약(수은화합물)을 마시게 했다. 이 흉악한 범죄는 노상에서 일어났기 때문에 그 다음 날 길을 지나던 통행인이 시체를 발견했다. 근처 마을에 살던 사람이 장작을 팔러가던 도중에 길 위에 사람이 누워 있는 것을 발견한 것이다. 여름이라면 그대로 지나갔겠지만 겨울이라 '얼어 죽은 건 아닌가?' 하는 생각에 다가가보니 입에서 피를 토하고 죽어 있었다. 이 사건은 현장에 있던 도장이 유일한 실마리였기 때문에 경찰은 도내의 모든 도장집을 뒤져보았다. 하지만 아는 사람은 아무도 없었다. 도장에 있는 이름을 호적부에 있는 이름과 맞춰 보았지만 역시 맞는 이름이 없었다.

수개월 후 죽은 남자는 다른 도에서 온 일용직 남자였다는 것이 판명되었다. 범인 체포까지 다시 몇 개월이 걸렸다. 구릉에서 시체를 밟았다거나 어부가 그물로 사체를 낚아 올린 경우도 있다.

범죄의 흔적이 분명한 경우도 있다. 조치원의 어느 미곡상이 창고에서 현미를 도둑맞았다. '우리 집 창고 안에 있던 이십구 원 정도 되는 현미 한 석을 ××년 3월 23일 오전 두 시경부터 일곱 시 사이에 도둑맞았다'고 신고하자 두 명의 형사가 현장으로 왔다. 와서 보니 피해 장소에서 이십 정(丁) 정도 떨어진 제방 서쪽에 있는 이×상(李×相)의 집까지 쌀알이 이어져 있었다. 범인은 어두운 밤이라 쌀 포대에 쥐가 파먹은 구멍이 나 있는 것을 몰랐던 것이다. 이×상의 집을 조사해보니 솥 안에 현미밥이 있었다. 보통 때에는 밤밥이 있었는데 말이다. 정원 동쪽에 발자국이 나 있어 가까이 가보니 그곳에 쌀 포대가 묻혀 있었다. 하지만 이×상은 자신은 어젯밤 새벽 한 시까지 옆집에서 놀았다고 항의했다. 그런데 열여섯 살짜리 딸이 울면서 밤중에 아버지가 쌀을 훔쳐왔다고 말하는 것을 들었다고 털어놓았다. 아마도 새벽 한 시 이후에 쌀을 훔쳤을 것이다. 남은 현미는 천장에 숨겨놓은 것을 발견했다. 그래도 범인이 부인했으니 경찰도 울화통이 터졌을 것이다.

범인이 도망간 후 피해자가 우연히 범인을 만나는 경우도 있다.

옛날 복수 이야기에 자주 나오는 장면인데, 최근 인천에서 그런 일이 있었다. 아무래도 우연이라는 느낌이 든다. 그것은 유괴사건이었다. 과부 김 모 씨(39세)는 가난에 시달렸다. 두 명의 남자가 와서 "중국에 가면 한 달에 백 원을 받을 수 있다."는 말을 하자 그녀는 인천에서 기차를 타게 되었다. 이 두 남자는 중국인 두 명과 공모하여 그녀를 유괴한 것이다. 김 씨는 산둥성(山東省) 롱청현(榮城縣)으로 끌려가 인신매매를 당했다. 그녀는 감시가 소홀한 틈을 타서 웨이하이(威海)에 있는 영국 영사관으로 도망쳐 도움을 받았다. 인천에 도착한 그녀가 바로 주재소로 들어가 경관에게 자신이 당한 일을 이야기하고 있는데 창밖으로 그녀를 유괴한 남자가 지나가는 것이 보였다. 그래서 그 남자의 소매를 잡아끌고 주재소 안으로 끌고 들어갔다. 모든 일행이 검거되어 징역에 처해졌는데 이처럼 우연히 범인을 체포하는 일도 있다. 범인도 경관도 깜짝 놀랐을 것이다. 그녀는 칠 년 전 남편과 사별하고 세 명의 아이를 키우다가 경성으로 왔다. 일본인 집의 가정부 일자리를 찾고 있는데 이들이 중국에 가면 월급 백 원을 받을 수 있다고 속인 것이다. 신문에 '동물학대방지회 직원들이 구타를 당했는데 우연히 동대문에서 범인을 만나 체포했다.'는 기사가 실린 적도 있다.

*『朝鮮及滿州』 第262号, 1929.9

‖ 범죄 관련 기사 ‖

조선범죄 만필(2)

무라카미 노리오(佐藤憲郎)
고등법원 검사

범죄와 변명

먼저, 부인하는 변명이 있다. 어떤 부자가 도박을 하다가 법정에 서게 되었다. 그는 "당시 나는 여자를 만나고 있었기 때문에 도박을 할 여유가 없었습니다."라고 말했다. 재판관이 "여자가 있어도 도박을 할 정도의 여유는 있지 않은가?"라고 물으니 여자를 떼 놓지 못할 정도로 사랑했다고는 하지 않았다.

● 용산행 표를 사서 경성역으로 들어간 소매치기. 객실 내에서 소매치기를 하다가 피해자에게 들켜 출구로 쫓겨 나왔다. 붙잡힌 소매치기가 말하길 "집이 용산이라 입장권을 사지 않고 용산행 표

를 샀는데 갑자기 발이 아파서 역 밖으로 나왔다."고 했다. 피해자는 그렇게 발이 아픈데 어떻게 그렇게 잘 뛸 수 있느냐며 놀랐다.

• 중국인(여자)과 조선 여자(10세)를 팔십 엔에 사서 산둥(山東)으로 밀항하다가 인천에서 체포되었다. 그는 "아들의 부인으로 삼으려고 했다."고 말했다. 그런데 그 아들이 사리원에 산다고 말해 점점 더 조리가 맞지 않게 되었다. 조선 여자를 중국인의 부인으로 삼기 위해서는 한 번 중국을 보여줄 필요가 있다고는 하지 않았다.

• 어떤 남자(46세)가 꿩 포획 금지 기간에 산에서 꿩을 두 마리 잡아 집으로 돌아가던 도중, 순사에게 붙잡혔다. 그는 이미 꿩의 껍질을 벗겨 신문지에 싸 둔 상태였다. 그는 "길을 가다가 꿩을 주웠는데 썩을까 걱정이 되어 껍질을 벗겼다."라고 했다. 때는 늦은 가을이었기 때문에 썩는 것도 말이 안 되고, 꿩을 주은 것도 말이 안 되는 일이다. 순사는 보고서에 '꿩이 썩을까봐 껍질을 벗기는 것은 고금의 수렵가들 사이에서 들어본 적이 없다.'고 썼다.

• 대낮에 게이샤의 집에 도둑질을 하러 들어간 남자를 체포했

다. 그는 "내가 이 집의 단골이다."라고 말했다. 게이샤들은 때가 꼬질꼬질한 남자의 손발을 쳐다보았다.

두 번째로 자백을 하는 변명이 있다. 60세의 남자가 28세의 여자를 간음한 후 말하길 "나에게는 과부인 큰 며느리와 손자가 있습니다. 그런데 차남 부부가 우리와 같이 살고 싶지 않다고 해서, 내가 다른 여자와 관계를 해서 그 여자가 아이를 낳으면 손자와 친구가 되어 잘 살 수 있을 것이라고 생각했습니다."

- 자전거를 훔친 남자가 말하길 "잠깐 빌리려고 했습니다." 그런데 그 잠깐이라는 것이 한 달, 빌린 물건은 전당포에 잡혀 있었다.

- 구두를 훔친 남자가 말하길 "훔친 것이 아니라 불편해서 잠깐 바꿔 신은 것입니다. 가격적인 면에서는 오히려 제가 손해입니다." 그 구두는 새벽 다섯 시 동대문 부근 길가의 우마차 위에 놓여 있던 것이었다. 그는 그때 구두뿐만 아니라 옷도 훔쳤는데, 그에 대해서는 아무 변명도 하지 못했다.

찰나의 범죄

범죄는 그것이 군중심리에 의한 경우를 제외하고 은밀하거나 찰나적으로 이루어지는 경향이 있다. 대부분 계속적으로 행해지는 경우는 은밀하고, 우연히 행해지는 것은 찰나적이다. 대체로 찰나적이라는 것은 근대인에게 있어 꽤나 유혹적이다. 은밀이라는 것은 범죄에 위명(僞名)과 은어(隱語)를 발생시키고, 찰나라는 것은 부인과 변명을 생겨나게 하는 경향이 있다.

소매치기는 순간적으로 일어나는 범죄이기 때문에 그들은 체포되어도 거의 자백하지 않고, 확실한 증거를 내밀어도 부인하는 경우가 많다. 또한 교통기관, 예를 들어 전차, 자동차, 혹은 기차 등의 사고도 눈 깜짝할 사이에 일어나기 때문에 사고 발생자는 자백을 하지 않는다. 기계상의 사고는 전문적이기 때문에 옆에 통행인이 있다고 해도 당사자의 과실을 증명할 능력이 없다. 충분히 주의를 한다고 해도 전차나 기차, 자동차가 승객에게 불상사를 일으키는 일이 많이 일어난다. 운전 지식이 전문적이라는 점도 있지만, 대부분은 찰나에 일어나 버려서 증거를 확보하기가 어렵기 때문에 부인하고 변명을 하는 것이다. 이러한 업무상의 과실 인정에 관해서 불쌍한 피해자 및 그 가족을 위해 경찰들이 얼마나 노력을 하는지 모른다. 게다가 증거 불충분으로 무죄가 되는 경우가 많아, 피해자는 한 푼의 보상금도 받지 못하기도 하니, 기계문명의 세상은 참으로 무섭다. 작년에 내지에서 온 어머니가 남대문에서 전차에서 미처 내리기도 전에 전차가 움직이는 바람에 뒤로 넘어진 사건이 있었다. 내가 그 전차의 번호를 읽을 새도 없이 전차는 도망가 버렸다. 이렇게 찰나적인 사건은 검사인 나도 손을 쓸 수가 없다. 요즈음은 템포가 빠르기 때문에 지금 이렇게 주절거려봐도 아무 소용없지만, 어머니의 상처는 오랫동안 낫지 않았다. 물론 운전수가 불가항력으로 무과실이고, 피해자에게 과실이 있는 경우도 있지만, 여기서 내가 말하는 것은 운전수에게 과실이 있는 경우를 말하고 있는 것이다.

작년 함남선(咸南線)에서 노선 불밀착 문제로 인한 사건이 있었다. 그 후 어떻게 되었는지는 모르지만, 사건의 발단은 이렇다. '포인트'를 다루는 직원이 기관차의 노선을 변환하기 위해 '포인트'를 본선 위치에서 측선으로 변환한 후, 규정상 '포인트'를 원래 위치로 변환하고 '핸들'을 같은 위치의 '노치'에 놓고 '핀'을 삽입하여 고정해야 하는데, 이런 것들을 제대로 하지 않았기 때문에 핸들이 저절로 돌아가 노선 불밀착이 일어난 것이다. 그래서 달려온 열차가 전복되었다 한다. 재판관은 재판을 거절하는 것이 불가능하다. 이런 사건을 맡게 되면 먼저 '포인트'에 대해 연구를 해야만 한다. 내가 예심판사일 때, 우체국 직원의 횡령 사건을 담당한 적이 있다. 나는 우체국의 장부도 볼 줄 몰랐기 때문에 어쩔 수 없이 우체국 직원이 된 기분으로 처음부터 배워 나갔다. 그래도 잘 알 수가 없어서 곤란하던 차에 전임 명령을 받고 기뻐했던 경험이 있다. 교토(京都)의 학련(學聯)사건이 일어났을 때, 증거 문서는 모두 외국어로 되어 있었기 때문에 담당 예심판사는 러시아어를 배운 후 사건을 맡았다고 한다. 또, 이런 경우도 있었다. 경성에서 명화 위조 사건이 일어나 세상을 떠들썩하게 했다. 덕분에 당시의 판사는 여러 책을 읽으며 하나부사 잇초(英一蝶. 메이지 시대 일본의 화가)가 어떻고, 또 다른 화가는 어떻고, 그림에 정통하게 되었다. 이런 경우는 이익이 되는 경우일 것이다. 지금까지 그림에 대한 연구를 계속하고 있는지 어떤지는 잘 모르겠다.

오늘날 일본에서는 철도 기관사, 전차 운전사, 자동차 운전사 등의 주의 의무에 대해 이미 각종 구체적인 사실에 관해 판례가 나와 있다. 그 하나하나를 여기에 쓰는 것은 불가능하다. 하지만 일 분 일 초를 다투는 일이며, 어떠한 경우에 있어서도 과실자가 범죄에 대한 부인적 변명을 하는 것을 지적할 수 있다. 조선에 있어서도 근대의 찰나적 범죄가 늘어나고 있는 실정이다.

오오카(大岡)식 재판의 위험

범인을 조사하는 것은 아주 어려운 일이다. 그들은 기본적으로 범죄 사실을 부인한다. 단순히 자신의 범죄를 부인할 뿐만 아니라 다른 사람에게 뒤집어씌우기도 한다. 아무런 관계가 없는 사람을 끌어들이기도 하고, 가상의 인물을 만들어 내기도 하며, 작은 죄를 지어내어 큰 죄를 모면하려 들기도 한다. 범인을 체포했지만 사실을 자백하지 않고, 다른 증거가 없어 무죄 방면되는 경우도 있다. 더군다나 요즈음은 고문을 하거나 트릭을 사용하는 것이 금지되어 있기 때문에, 이런 방법으로 취조를 하면 그 일을 당한 피고인이 가만히 있지 않는다. 또 자칫 잘못하면 박열(朴烈) 사건의 괴사진(천황 암살을 기도했던 박열과 가네코 후미코(金子文子)가 수감되어 있는 동안 가네코가 박열의 무릎에 앉아 책을 읽고 있는 수감 모습이 담긴 괴사진이 일본의 경제, 재계, 군부, 신문사 등에 전달돼 사법사상 전례가 없는 옥중결혼이라며 일본 전역에 소란이 일었다.)과 같은 일이 발생하기도 한다.

오오카 정담(大岡政談. 실존했던 에도 행정부교 오오카 다다스케(大岡忠相)의 명판결을 모아놓은 것) 등은 오늘의 재판제도라는 관점에서 보면 위험천만한 것이 많다. 사람의 눈빛이나 태도로 판단하는 것은 위험을 동반하기 쉽고, 사람의 말이나 말투는 여러 가지로 해석될 수 있다. 결과적으로 진범이 맞긴 하지만, 기본적으로 이러한 수사 방법은 옳지 않다. 과학적 수사와 합리적 재판이 발달하고 있는 요즈음, 오오카 재판은 배척해야 하는 것이다. 하지만 직관과 트릭은 생각해 볼 문제이가. 사실 현대의 재판관들은 오오카보다 과학적, 기계적으로 훨씬 더 진보해 있는 상태이다. 또 요즘 범인들은 예전 범인들과 비교도 되지 않을 정도로 전술상 진보해 있기 때문에 신문에 「현대의 오오카 재판」이라는 기사가 크게 나는 것은 시대착오적인 발상이다. 오오카 시대로부터 삼백 년이 지났다. 그 당시에는 민사와 형사도 구분되어 있지 않고, 한 사람이 검거와 재판을 했으며, 삼심 제도가 아닌 독단 재판을 했기 때문에 억울했던 사람도 많았을 것이다. 도쿄에는 이상한 범죄 연구를 하고 있는 사람들이 있는데, 그들은 에도 시대나 셰익스피어 시대를 찬양한다. 오오카 재판 이야기도 그 당시에는 미담이었겠지만, '요즘 재판관 중에는 오오카 같은 사람이 없어 항상 무책임한 재판을 한다'고 단언하는 것은 당시보다 모든 제도가 발달한 현재를 무시하는 것이다. 지하에 있는 오오카 씨도 일본제국을 위해 내 말에 동의할 것이다.

특히 언어, 풍속, 습관이 다른 조선에 오오카 재판을 적용시키는 것은 우리 사법관들에게 있어 곤란할 따름이다. 우리는 가능한 많은 증거를 모아 판단해야만 하는 것이다. 오오카 식의 파인 플레이(fine play)는 아주 노련한 경우가 아니면 너무나 위험한 것이다.

범죄와 방지

경성에서 있었던 일이다. 한 남자가 범죄 방지 연구를 시작하려고 어떤 부자를 찾아갔다. 이 말을 들은 부자가 말하기를 "나는 범죄와 아무런 관계가 없다……"

이는 하나의 사회사실로서 꽤나 흥미롭다.

사회의 질서는 범죄에 의해 흐트러진다. 이것은 이미 옛날부터 인류사회에 존재해 온 사실이다. 이리하여 근대의 학자들은 '범죄는 사회현상으로서 정규적인 것이다'라는 결론에 다다르게 되었다.

즉, 범죄라는 것은 사회생활이 있는 곳에는 반드시 존재하는 것이라는 것이다. 범죄 발생을 자연적인 것으로 생각하고 방임해서 경찰, 재판소, 감옥을 폐지하는 것은 인류의 물질생활에 있어 행복한 것임에 틀림없다.

"나는 어떻게 해서 사업의 이윤을 늘릴 것인지 생각한 것뿐이다. 누가 범죄를 일으키는지 일으키지 않는지는 나와 아무런 상관이 없다." 이것도 하나의 견해이다. 권총을 품에 넣고 거래를 하면

쉽게 돈을 벌 수 있다는 것은 누구나 아는 사실이다.

경찰, 재판소, 감옥이 없어도—'없다'는 말이 너무 심하다면 이러한 것들이 완비되어 있지 않아도—인간은 사회생활을 영위할 수 있다. 솟아 있는 건물들과 거리에 넘쳐나는 풍요한 물자, 아름답고 화려한 꽃과 같은 미녀, 자욱한 먼지. 일본에 뒤지지 않는다. 아니, 일본 이상이다.

생각해보면 재판소, 범죄 검거 등은 쓸 데 없는 일인 것 같다. 하지만 서양에 가 보면 재판소 건물이 가장 멋지고, 재판관의 월급은 장관 이상이라고 하는데 이는 어찌된 일인가?

나는 이 수수께끼를 빗자루로 풀어보고자 한다. 어느 집에든 먼지가 없는 집은 없다. 그런데 그 먼지를 계속해서 청소하는 집이 살기 좋은 집이 되는 것이다. 즉, 재판소를 빗자루라고 생각하면 된다. 사회생활의 평화, 국가제도의 행복은 필요에 따라 반역자를 재판하는 것이다. 강도, 사기 등의 범죄는 모든 사람들에게 영향을 미친다. 범죄 제거는 사회구성원 공통의 문제인 것이다.

경찰의 눈이 멀고, 재판관들이 꼿꼿하지 못하고, 형무소가 다리를 절룩이면 범죄가 횡행하게 된다. 그렇다고 해서 돈을 벌지 못하고 미녀들이 사라지는 것은 아니지만 이는 국가적 인격의 문제이다. 과연 조선의 재판제도는 완비될 수 있을까?

농민의 범죄

마지막 장은 조선의 농민들을 위해 할애하려 한다. 나는 많은 범죄에 대해 써 왔는데, 조선의 농민의 범죄에 대해 궁금해졌다.

조선에 있어 전인구 약 이천 만인데, 그중 약 85%가 농민이다. 즉, 조선은 농업국가인 것이다. 이러한 농민과 범죄의 관계는 아주 흥미로운 것이다. 원래 농민은 어떤 나라에서건 자연에 둘러싸여 일을 하고 그 일도 온화하며, 공간적으로도 다른 사람들과 접촉하지 않는 경우가 많다. 그래서 대부분 범죄자가 많지 않다.

범죄에 대한 형벌은 크게 세 가지로 나눌 수 있다.—생명형, 자유형, 재산형이다. 생명형은 사형이며 자유형은 감옥에 넣어 신체에 구속을 가하는 것이며 재산형은 벌금, 과료 등이다. 작년 통계에 의하면 자유형으로 형무소에 있는 자가 13,097명인데, 그중 농민은 3,980명이다. 즉, 나머지 7,407명은 전 인구의 15%를 차지하는 농민 이외의 사람이라는 것이다. 나는 이 통계를 조선 농민이 얼마나 순박하고 온화하지를 증명하는 증거로 삼고자 한다. 모든 나라가 그렇듯 조선에 있어서도 농민 중에 범죄를 저지르는 사람은 인구 비율 상 그 숫자가 매우 적은 것이다.

다음 통계가 나타내듯 농민 중 자유형에 처해진 사람은 3,980

명, 전 수형자의 약 3분의 1이라는 것은 주의해야 할 사실이다. 조선에 있어 농민은 어떠한 범죄를 저지를까? 자유형을 받은 3,980명을 내역을 보자.

남자	3848명
여자	132명

여자의 범죄를 남자의 범죄와 비교해보면 조선 농촌의 부인이 얼마나 온화한지를 알 수 있다.

절도	956명
모르핀, 코카인 복용 및 주사	810명
사기	467명
강도	210명
상해	209명
도박	172명

농민의 범죄는 그 종류는 다양하지만 모두 소수이며, 그중 절도가 가장 많아서 전체의 4분의 1 정도이다. 사상범죄는 약 60명이다. 또 농촌은 그 기풍이 외설적으로 보이지만 외설 범죄는 약 50명, 낙태 3명, 약취유인 36명에 지나지 않는다. 물론 자유형에 처

해진 사람을 범죄자의 전부라고는 할 수는 없다. 사형 및 재산형과 그 외의 기소유예, 집행유예, 집행정지, 훈방 등의 미처형자도 생각해야 한다. 사형에 처해진 사람은 극히 적으며, 재산형에 처해졌으나 돈이 없기 때문에 노역장에서 일을 해야 하는 사람을 별도로 하면, 그 외의 경우, 생활이 가정에서 감옥으로 옮겨지는 것이 아니기 때문에 농촌에서의 노동에 큰 영향을 미치지 않는다. 또 노역장 유치의 경우도 그 기간이 대부분 짧기 때문에 자유형에 처해진 수가 그 사회층의 사회적 기능에 영향을 미친다고 보아야 할 것이다.

조선 농촌에서 생산되는 쌀은 조선 수출 무역에 있어 결정적인 산물이다. 우리는 이 이상 농촌에 범죄적 공기가 들어가지 않도록 노력해야 한다. 농촌의 범죄를 재판하기 위해서는 그 농촌의 생활태도를 잘 아는 재판관이어야 한다. 아니, 조선에 있는 법관들은 농촌의 구체적인 상황을 알고 있다. 내가 앞서 말한 각종 범죄들이 모두 두꺼운 기록이 되어 재판관 앞에 놓일 것이다. 그 하나하나의 기록에는 범죄자를 등장인물로 각 농촌의 정황이 상세히 나타나 있다. 재판관이 재판을 할 때 반드시 그 상황을 살펴보아야 한다. 재판관은 어떠한 경우에도 농촌을 도외시한 채 농민을 재판해서는 안 된다. 사건에 따라서는 직접 농촌의 흙을 밟고 더위와

추위를 느끼고, 흙집에서의 그들의 생활의 교향악을 들으며 정의의 판단을 해야 할 것이다. 산과 들, 푸른 하늘 아래 펼쳐져 있는 농촌에 정의의 종을 울려라! 그들의 생활에 평화가 있기를! 수확의 가을에 행복이 있기를!

*『朝鮮及滿州』 第263号, 1929.10

‖ 범죄 관련 기사 ‖

모르핀 환자

스기하라 노리유키(杉原德行)
경성제국대학 교수 의학박사

조선 내에 등록된 모르핀 환자는 약 오천 명 정도인데 실제로는 그 수가 훨씬 많아 약 칠천 명은 될 것이라고 생각한다. 이 모르핀 환자들은 1929년부터 중독환자로 등록되어 이들에게 중독량을 주사하게 되었다. 그리고 작년부터 각지에 마약류 중독환자 치료소를 마련했는데, 그중에서 경기도와 전라남도의 시설이 크다.

조선에서는 1897년경부터 모르핀 피하주사가 투여되었고, 1927년부터 모르핀을 정맥 내에 주사하게 되었다. 정치가 정신을 못 차리면 우리는 '아편 환자 같다.'고 한다. 이처럼 아편이나 모르핀 중독 환자는 참으로 곤란하고 귀찮은 존재이다. 대체 이 아편이라는 것은 언제부터 있었던 것일까? 그 역사를 살펴보면 지금으로부터 약 사천 년 전, 스위스의 호수 위 생활자의 유적에서 양귀비의 껍질이 발견되었다고 한다.

디콘돌 씨의 책에는 '양귀비는 고대 그리스, 로마에서 약으로 사용되었던 것은 확실한데 이집트 시대에 재배되었는지 아닌지는 확실치 않다.'고 나와 있다. 양귀비의 열매에서 채취한 아편이 마취약으로 사용된 것은 그리스 이전, 이집트 시대부터 사용된 것 같다. 이것은 호머가 오디세이에서 서술한 건망약(健忘藥)이 그 마취 상태를 상상해 볼 때, 아편 혹은 양귀비 껍질을 사용했다고 생각할 이유가 있기 때문이다. 기원전 5세기에는 디아고라스라는 사람이 아편을 사용했다는 기사를 썼고, 기원전 3세기에는 에리스토라스라는 사람이 쓴 기사도 있다. 아편은 이집트, 그리스에 있어 약으로 사용되었지만 그것이 소아시아로 건너가 페르시아, 인도, 남양, 중국으로 확대되었고, 한편으로는 유럽으로도 전파되었다. 처음 중국으로 들어간 것은 저야가(低野迦. 양귀비 과실의 유즙)부터인데, 처음에는 아편이 들어 있는지 알지 못했다. 일본에 처음으로 들어온 것도 역시 저야가이다.

아편이 중국에 들어간 것은 명나라 때인데 주로 약용으로 사용되었다. 명나라 말기, 청나라 초기 인도네시아에서 유행하던 아편이 네덜란드인에 의해 중국으로 들어와 큰 유행을 하게 되었다. 그러다가 결국 그 유명한 아편전쟁이 발발하게 되었다는 것은 모두가 잘 알고 있는 사실이다.

이상 아편 사용의 역사를 간단히 살펴보았는데 아편 혹은 모르핀 중독의 원인과 동기는 무엇일까? 아편은 약이라는 관점에서 보면 중추신경을 마비시켜 고통을 없애주며, 기침이 아주 심할 때, 기침을 멈추게 해 준다. 고통을 없애주는 약 중에 그 효과가 모르핀보다 우수한 것은 없다. 따라서 아편, 모르핀은 해가 있지만 이것을 대신할 것이 나오지 않는 한 약재에서 뺄 수가 없다. 아편, 모르핀은 중추신경을 마비시키지만 어떤 부분의 중추를 흥분시켜 정신적 쾌감을 불러일으키고 유포리(Euphorie)라는 일종의 도취 상태가 된다. 그래서 고민이나 걱정을 모두 잊고 욕망에서 해방되어 소위 절대적 희열상태에 도달해 우화등선(羽化登仙)을 맛보는 것이다. 이 경우 모르핀보다 아편의 효과가 더욱 크다. 하지만 약기운이 사라지면 기분이 가라앉아 견딜 수가 없게 된다. 그래서 또다시 아편을 찾게 되는 것이다.

아편, 모르핀 중독자는 아주 곤란한 존재이다. 일단 중독이 된 후 아편이나 모르핀을 끊으려고 하면 금단현상이 일어나게 된다. 심한 경우에는 맥박이 변하고 체온이 내려가기도 한다. 눈물이 나오고 잠을 이룰 수가 없다. 정신적으로 극심한 고통을 겪을 뿐만 아니라 몸이 구석구석 아프고 숨이 가빠진다. 곧 죽을 것 같은 기분이 드는 것이다. 이런 중독자에게 모르핀을 주사하면 금세 낫는다. 하지만 점점 더 약의 양을 늘리고 싶은 생각이 들게 된다. 서너 명의 사람을 죽일 수도 있는 분량의 양을 주사하지 않으면 견딜 수가 없고, 주사를 맞을 수만 있다면 다른 사람의 것을 훔쳐서라도 우화등선의 기분을 맛본다. 이것은 사회에 엄청난 해를 끼치는 것이다. 이런 습관을 만드는 것은 먼저 병적 고통이다. 예를 들어 신경통, 류머티즘 등의 고통을 줄이기 위해, 혹은 결핵 환자가 극심한 기침을 견디지 못해, 혹은 생리통이 심한 여자가 통증을 줄이기 위해 모르핀을 주사하고, 그 후 계속해서 주사하기 때문에 중독이 되는 것이다. 이것은 의사의 부주의이다.

다음은 중국의 사회습관이다. 우리가 손님에게 담배를 권하듯이 그들은 아편을 권한다. 이는 일본에는 없는 습관이다.

세 번째는 다른 사람을 따라 피워보는 것이다. 다른 사람이 피운다고 해서 그것을 따라하는 사이에 중독이 되고 만다. 네 번째는 성욕 작용을 위해서이다. 이시진(李時珍)이 쓴 『본초강목』에는 '아편을 방중술에 사용한다.'고 나와 있다. 모르핀 작용을 생각해보면 확실히 성적인 흥분이 일어난다. 실제로 흰 쥐에게 모르핀을 주사하면 거미반응(擧尾反應)이 일어난다. 그 이유에 관해서는 여러 가지 설이 있지만, 허리 척수가 자극·흥분된다는 것은 분명하기 때문에 성적흥분이 일어난다는 점은 수긍할 수 있다. 하지만 모르핀 중독자는 '지나치면 미치지 못함만 못하다'는 말 그대로이다. 이 점에 관해 스오(周防) 씨의 실험 결과가 발표되었다. 모르핀 중독에 빠진 자는 음축(陰縮. 외생식기가 줄어드는 병증)이 일어나게 되는데 빠른 사람은 두 달 만에 일어나고, 어떤 사람은 십 년이 지나도 일어나지 않는다. 분량에 있어서도 0.1g의 중독에서도 음축이 일어나는 사람이 있고, 팔 년간 0.48g의 중독에서도 음축이 일어나지 않는 사람도 있다. 따라서 일괄적으로 말할 수는 없지만 인간은 생식작용에 있어 개체에 따라 모르핀에 대한 저항력이 다르다는 것을 알 수 있다. 또 여자의 경우는 모르핀 중독에 빠져 월경이 멈추는 경우도 있다. 빠른 경우는 육 개월, 어떤 경우는 십 년이 지나도 멈추지 않는 경우도 있다. 분량에 있어서도 0.2g의 중독에서도 생리가 멈추는 사람이 있고, 몇 년간 0.45g의 중독에서도 계속해서 생리를 하는 사람도 있다. 이는 남자의 경우와 마찬가지라 할 수 있다.

덧붙이자면 인삼의 어떤 성분은 모르핀과 같아서 흰 쥐에게 주사하면 거미반응을 일으킨다. 하지만 인삼의 경우 거미반응을 일으키기 위해서는 상당히 많은 양이 필요하고 모르핀처럼 적은 양으로는 그런 반응이 일어나지 않는다. 모르핀과 인삼의 거미반응에 대해서는 내 교실에 있는 민 박사가 상세히 조사하고 있다. 약물 중에서 흰 쥐에게 거미반응을 일으키는 것은 거의 없다. 내가 아는 범위에서는 모르핀과 인삼 두 종류이다. 이렇게 보면 인삼이 성적 작용을 왕성하게 한다고 추정할 수 있다.

나는 성적 작용과 그 사람의 정력 증진은 일정한 지점까지는 일치한다고 생각한다. 어떤 박사가 티푸스에 걸려 사경을 헤매다가, 어느 정도 회복한 후 성욕을 느꼈을 때 처음으로 스스로 다 나았다고 생각했다는 말을 들은 적이 있다. 실제로 생물의 기력이 쇠하게 되면 제일 먼저 생식 작용이 떨어지게 된다. 이렇게 생각해 보면 인삼에 정력 증진의 효과가 있다고 할 수 있을 것이다. 모르핀에는 무시무시한 중독 작용이 있지만 인삼에는 그런 중독 작용이 없는 것이 인삼의 가치이다.

한때 모르핀 중독에 빠져 생식작용이 쇠퇴했던 사람이 중독에서 벗어나면 남자의 경우 몽정을 하게 된다. 빠른 사람은 중독에서 벗어난 지 하루, 느린 사람은 구 일째에 경험하게 된다. 여자는 중독에서 벗어난 지 삼십이 일째에 생리가 나온 예가 있다. 이렇게 보면 모르핀 중독에 빠져 성욕작용이 쇠퇴한 경우에도 중독에서 벗어나면 다시 작용을 하게 된다는 것이 분명하다.

모르핀의 습관. 이에 대해서도 여러 가지 설이 있지만 금단현상이 일어나는 것에 대해 갑론을박 상태로 아직 정확한 것은 아무것도 없다. 중독에 빠진 사람을 치료하는 데 있어서도 여러 가지 설이 있는데 근거 있는 여러 가지 방법이 있다. 가능한 가장 가벼운 금단 현상을 경험하면서 중독에서 벗어나기 위해서는 여러 가지 약이 있는데, 모르핀 중독자를 치료하기 위해서는 점차적으로 주사량을 줄여가는 방법을 사용하면 반드시 나을 수 있다. 하지만 중독자는 모르핀을 갈망하기 때문에 감금을 한다거나 엄중하게 감시를 하지 않으면 성공할 수 없다. 중독자는 한 번 중독에서 벗어난다 해도 또다시 중독에 빠져 버린다. 이렇게 보면 모르핀 중독자를 사회의 선량한 시민으로 만들기 위해서는 일시적인 치료에 그치지 않고 직업을 주고 장래의 방침을 세워주지 않으면 안 되는 것이다.

유럽의 경우는 모르핀 중독자가 극히 적고, 사회의 패배자들이 모르핀에 중독된다. 그래서 그들은 아편과 모르핀을 동양에 수출해서 이익을 얻는 것이다. 아편전쟁이 일어난 것도 이 때문이다. 하지만 전쟁 후 세상의 비참함을 맛본 서구인, 혹은 금주법 때문에 술을 손에 넣지 못하는 미국인 등, 점점 모르핀에 중독되는 사람이 늘어가는 추세이다. 그들은 모르핀 중독자를 강 건너 불 보듯 했지만, 발등에 불이 떨어지자 어떻게 하면 이들을 구제할 수 있을지 진지하게 생각하기 시작했다. 조선 내에 등록된 중독자 수는 오천 명 정도인데, 돈이 많은 사람은 마음대로 약을 살 수 있기 때문에 실제로는 칠천 명 이상, 혹은 만 명 이상이 될지도 모른다. 이렇게 제대로 된 사회생활을 하지 못하는 자들을 어떻게 구제할 것인가? 이는 실로 큰 사회 문제가 아닐 수 없다. 이와 동시에 각자가 자각하여 모르핀 중독에 빠지지 않도록 노력해야 할 것이다.

고 아오야마(青山) 박사가 말하길 "모르핀을 적절한 경우에 사용하고 그렇지 않을 때에는 사용하지 않는 사람은 훌륭한 내과의사이다."라고 했다.

*『朝鮮及滿州』 第298号, 1929.10

∥ 범죄 관련 기사 ∥

최근의 조선 범죄사

야마오카 미사오(山岡操)
오사카아사히(大阪朝日) 경성지국

경성역에서 일어난 이만 엔 강도 사건, 평양 선은(鮮銀) 칠십팔만 엔 강도사건, 반도 특유의 대륙을 건너는 갱, 그리고 부산의 마리아 사건 등, 조선의 범죄도 일본처럼 되어 상당히 우려할 지경에 이르렀다. 또 이와 같은 중대한 범죄 중, 이만 엔 강도 사건과 마리아 살인사건은 지금도 범인을 검거하지 못한 상태이다.

1932년부터 1934년까지 최근 삼 년간 조선에서 일어난 주된 사건을 경성을 중심으로 적어보고자 한다. 이것은 내 자신의 기억을 기록한 것이기 때문에 문장도 난잡하고, 간단하게 적었음을 미리 밝혀두는 바이다. 또 사건 관계자의 이름은 적당히 가명으로 처리했다.

1932년 1월 모일, 평양 선은(鮮銀) 지점에 강도가 침입하여 금고에서 칠십팔만 엔을 절도하여 세계적인 범죄기록이 되었다.

범인은 평양에서 유곽을 경영하는 야마카와 다로(山川太郎. 가명) 외 수 명. 사건 이후 평양 경찰서의 대활약으로 범인들을 체포하고 돈도 무사히 은행으로 돌려주었다.

3월 30일, 백주대낮에 경기도 이천군 장호원 동일은행 지점에 총을 든 갱이 침입하여 은행원을 묶고 만 이천 엔을 강탈했다. 이 또한 센세이션을 일으켰는데, 경기도와 강원도의 양 형사대가 활약하여 4월 4일, 강원도 산 속에서 범인을 검거했다. 범인은 장호원 출신의 이선동(李先童. 23세). 만주에서 돌아온 자인데, 5월 경성 지방법원에서 징역 오십 년이라는 판결을 받았다.

1932년 6월, 경성부청(京城府廳) 영선(營繕)계 기사 고마다 도쿠자부로(駒田德三郎) 씨가 뇌물 수수 혐의로 혼마치(本町)서에 검거되었다. 이 뇌물수수 사건으로 인해 토목 담합사건이 세상에 알려지고 경성 일류 토목업자 팔십팔 명이 줄줄이 연행되었다. 대부분은 경성 지방법원에서 유죄판결을 받았는데 현재(1934년 말) 경성 복심(覆審)법원에서 공소 중이다.

1932년 6월 25일, 총독부 도서과 사무관 히라다(平田遠近. 가명) 씨가 조선 부호의 집안싸움과 얽힌 매직(賣職) 용의자로 서대문 형무소에 수용되었다.

10월에는 "나는 봉천(奉天)에서 왔는데……" 운운하며 총을 든 강도가 새벽을 틈타 낙원동, 인사동, 임진동, 장사동, 교남동 등에 있는 전당포에 출몰하였다. 총을 쏘지는 않았지만 "나는 봉천 강도다!"라고 소리치며 소동을 일으켰다. 이것이 한 달이나 계속되었지만 현재 행방불명인 상태이다.

1932년 12월, 신의주 황죽정(荒竹町)의 김성석(金成錫. 45세)을 우두머리로 한 금괴 밀수단 네 명이 경성 서대문서에서 검거되었다. 그들은 경성의 금은방에서 금괴를 매입해 안동으로 삼십만 엔가량의 금괴를 밀수했다. 이후 골드 러쉬를 악용하는 금괴 밀수가 유행했다.

1932년 12월 22일, 경성 한성은행의 사환 안정근(安正根) 씨가 식산은행으로부터 사백 엔을 받아 가지고 돌아가던 중 어떤 괴한이 용산서 형사라고 사칭하고 안 씨를 가까이 있는 고가네마치 파출소로 데리고 가서 사백 엔을 갈취했다. 혼마치서가 사건을 조사했지만 범인은 행방불명.

1933년 5월 16일, 경성부 죽첨정(竹添町. 현재의 서대문구 충정로) 2초메의 공터에 유아의 생목이 굴러다니고 있는 것을 부근에 살던 사람이 발견, 소위 '생목 사건'이 일어났다. 이후 이십 일간 경성 각 부처의 인원을 총동원해서 사건을 해결했다. 알고 보니 사탕 장수가 아들이 너무 심하게 떼를 쓰자 이를 고치기 위해 아현리(阿峴里)에 있는 무덤에서 죽은 지 얼마 되지 않은 아이의 목을 잘라 왔다고 하는 미신 범죄였는데, 이 사건만큼 세상을 떠들썩하게 한 사건은 없었다.

1933년 5월 20일, 경성 혼마치서의 활동으로 부내 최고의 땅 부자인 황금정의 대송상회(大松商會. 가명)가 금괴밀수단으로 검거되었다. 이 시기에는 골드 러쉬에 편승해 금괴를 밀수하던 자들이 전국적으로 다수 검거되었다.

1933년 6월, 흉폭한 총기 강도 서원준(徐元俊. 26세)이 평양에 출현해 은행을 습격한 후 평양, 황해도를 돌아다니다가 사리원(沙里院) 부근에서 순사 부장 도미타 기치고로(富田吉五郎) 씨를 사살하는 등, 흉악한 짓을 저질렀지만 결국 며칠 후 체포되었다.

1933년 6월 21일, 경성부외 성북리 한강 하원(河源)에서 강화도 출신의 여행상인 박씨(33세)가 살해당했다. 범인은 정부인 연희면(延禧面) 야채 행상인 조일동(趙日童. 27세). 애정이 식어 여자가 자신을 멀리하자 강도로 변한 것인데, 서대문서의 활동으로 며칠 후 검거되었다.

1933년 6월 25일, 군수를 하다가 일자리를 잃은 경성부 근농동(勤農洞) 이을대(李乙大. 55세, 가명)가 야스다(安田) 생명에 부인의 생명보험을 들고 친구의 집에 부인을 숨겨놓았다. 그리고는 주위 사람들에게는 부인이 죽었다고 말하고 화장까지 한 척을 하고 유골을 절에 안치한 후, 보험금 오천 엔을 받아내는 사기를 쳐서 혼마치서에 검거되었다. 참으로 특이한 보험 사기이다.

1933년 8월 28일, 청진(淸津)에서 청진서의 송증산(宋曾山. 25세)를 사살한 권총 강도가 출현해 같은 달 31일 서천역에서 체포되었다. 범인은 함흥 출신의 김집필(金集弼. 25세)이라는 강도범.

1933년 9월 1일, 당시의 군 사령관 가와시마(川島) 장군의 영부인이 조지야(丁字屋)에서 물건을 사던 중 이천이백 엔이 들어 있는 핸드백을 도둑맞았으나 아직까지 해결되지 않았다.

1934년 1월 30일, 경기도 양주군 장흥면 부석리의 지시원(池是元. 49세) 씨가 소 등에 장작을 실고 경성으로 팔러 갔다가 그대로 행방불명이 되었다. 소만 돌아오는 기괴한 실종 사건으로 세상이 떠들썩했는데 2월 17일, 지 씨의 사체가 여의도 비행장에서 발견되었다. 범인은 지 씨가 장작을 판 돈과 소를 빼앗기 위해 지 씨를 살해한 것으로 보이나 아직 범인은 검거하지 못한 상태이다.

1934년 5월 7일, 충남 당진군 금곡리(金谷里)의 부농 이긍순(李肯淳. 23세) 씨의 집에 권총 강도가 침입해 권총을 발사, 현금 약 구백 엔을 강탈했다. 범인은 평양, 함경북도 등으로 도망 다니다가 결국 24일, 신경(新京)에서 체포되었다. 범인은 평안북도 부성리(富成里) 용기(龍基)에 사는 이창손(李昌孫, 41세)이라는 인부 조장.

1934년 5월 21일, 경기도 부천군의 주재소에 괴한이 침입해 야나세 료키치(柳瀨兩吉) 순사부장(44세)을 죽이고 도망쳤다. 범인은 부근에 사는 전과 2범인 홍경석(洪慶石. 23세)으로 13일, 경성 종로서의 경찰이 검거했다.

1934년 5월, 경성부청 불하품(拂下品)을 둘러싼 골동품상들의 담합사건이 폭로되어 혼마치서에 골동품상 다섯 명이 검거되었다. 이를 계기로 1933년 6월의 고마다 사건에 이어 제 이차 경성부청 스캔들이 터져 부청 사원 약 열 명이 뇌물수수죄로 검거되었다.

1934년 10월, 북선(北鮮) 신창(新昌) 주재소에 김상배(金相培)라는 별명의 김길동(金吉同. 29세)이 침입하여 권총과 폭약 등을 훔쳐 십구 일간 북선 일대를 돌아다니며 흉포한 강도짓을 하다가 체포되었다.

1934년 10월 24일, 경성부 영정(榮町. 현재의 용산구 신계동) 일본공업회사 출장소에 예전 급사를 하던 야마나미 다이키치오(山南太吉男. 가명)가 숨어들어가 수표를 훔치고, 식산은행에서 칠천 엔을 훔쳐 인천에서 목포로 도망쳤지만 일주일 후 목포에서 체포되었다.

1934년 11월 11일, 평양부 관후리(館後里) 이대용(李大用)을 두목으로 하는 금괴밀수단 십 수 명이 혼마치서로 넘겨졌다. 안동으로 밀수한 금괴의 액수는 무려 백육십만 엔으로 밀수범죄 사상 최고라 할 수 있다.

덧붙임. 조선의 특수 범죄라 할 수 있는 것은 남편 살인, 영아 살인, 권총 강도가 있다.

- 남편 살인은 조선의 풍습에 어릴 때 결혼하는 풍습이 있어 신부는 남편이 어려 성적 불만이 생겨 남편을 죽인다.
- 영아 살인의 경우 조선은 재혼을 꺼리는 풍습이 있어 과부가 불의의 아이를 낳았을 때 다른 사람에게 알려지는 것이 두려워 영아를 죽인다.
- 권총 강도는 일종의 사대주의에서 나온 것으로 상하이나 만주에서 돌아온 사람이 군자금을 내 놓으라며 협박하는 강도이다.

이 세 종류의 특수 범죄도 최근 조선이 문화적으로 발전함에 따라 점점 줄어들고 있는 추세이다.

(1934년 11월 18일)

*『朝鮮及滿州』第327号, 1935.2

‖ 범죄 관련 기사 ‖

〈거리에서 듣는〉
최근 경성 시내에서
일어난 엽기적 범죄들

본지 기자

*

범죄 도시라는 말에 다소 과장된 부분은 있지만, 근래에 경성부의 범죄는 결코 적지 않다. 작년에는 사람들의 이목을 집중시킨 사건이 잇달았다.

소위 점원 살인, 남편 살인, 거기다가 기사 부인 살인 등 음산한 살인사건이 일어나서 한때 경성시민들을 불안하게 했지만, 다행히도 완비되어 있던 경찰망에 의해 눈 깜짝할 사이에 범인이 체포되었다. 그러나 이런 대사건만이 범죄는 아니다. 거리에 어슬렁거리는 양아치의 절도, 자전거 도둑, 사기 및 횡령의 지능범까지. 경성은 수없이 많은 범죄인들의 전성시대다. 그들 중 많은 이들이 조선인이므로, 조선인이라면 모두 불량성을 띠고 있는 것처럼 생각되는 것도 어쩔 수 없는 일이다. 바닷가의 모래가 어쩌구 하는

말(16세기의 도적 두목이던 이시카와 고에몬(石川五右衛門)이 처형을 앞두고, 바닷가의 모래는 없어지더라도 세상의 도둑은 사라지지 않는다(石川や 浜の真砂は 盡きるとも 世に盜人の 種は盡きまじ)라는 말을 남겼다고 한다.)은 경성부에 있어서는 더욱 공감하게 된다.

작년에는 새해가 밝자마자 은행사기 사건이 경성의 화제를 모으면서, 어쩐지 향후 일 년 간의 범죄를 예약한 것 같았는데 올해도 또다시 새해 초부터 여러 가지 범죄가 신문지상을 떠들썩하게 하고 있다.

관리에서 희대의 소매치기로

연말 휴가를 이용해서 온 온천의 휴양객들로 떠들썩한, 여기 후쿠오카현(福岡縣) 후쓰카이치(二日市)의 무사시(武藏) 온천. 조용한 온천가에 정월 사일 아침이 밝자, 이곳에서 가장 큰 대여관이라 불리는 다이마루(大丸)관은 발칵 뒤집혔다. 이 여관에 어젯밤에 도둑이 들었다는 것이다. 피해자는 후쿠오카 모회사의 중역인 기무라(木村) 아무개 씨로 지갑 속에 있던 백 엔짜리가 한 장 사라졌다는 것이다. 지배인은 파랗게 질려 있고, 투숙객들은 분개하고 있는 중에 당사자인 기무라는 일찍이 경찰관 경험이 있었기 때문에 직접 스스로 경찰에 보고함과 동시에, 같은 여관의 숙박객을 모두 움직이지 못하게 잡아두었다.

후쓰카이치 서에서 형사가 와서 취조를 한다. 피해자 기무라는 소지했던 그 백 엔 짜리에 번호를 매겼다고 하므로, 그 지폐의 소지자가 범인임에 틀림없다. 준엄한 취조 결과, 동숙자 중에서 그 지폐를 소지한 용의자가 지목되었다.

그런데 놀랍게도 그 남자는 조선 총독부 농림국 촉탁인 에구치 유타카(江口豊. 34세)라고 하는 훌륭한 신사로, 자신은 결코 그런 일이 없다고 직함을 강조하면서 완고하게 입을 다물고 있었다. 소지하고 있던 가방을 조사해보려고 하니 마침 열쇠를 잃어버렸다면서 어떻게든 응하지 않았다. 신상을 조사해보자 출생지는 사가현(佐賀縣) 키시마군(杵島郡) 스코무라(須古村)였다. 신기하게도 취조를 담당한 형사가 같은 마을 출신이었기 때문에, 이야기는 예상을 벗어나 고향에 대해 흘러갔다. 그는 마음이 풀리기 시작하자 딱딱하게 굳어서 아무 말도 하지 않던 입을 열고, 드디어 그 범죄에 대해 자백했다.

그 자백에 의하면 에구치는 연말 휴가를 이용해서 12월 27일에 경성을 출발하여 규슈를 방문했다. 그리고 그 방문 도중에 조선철도청 열차의 승객으로부터 백이십 원을 턴 것을 시작으로, 세관연

락선에서 육백이십 원, 특급 후지의 침대차에서 천구백 원을 벌어들이는 등, 연말에 붐비는 열차 안에서 삼천여 원의 수입을 올린 것이다.

총독부 관리로서 성실하게 근무하고 있던 남자가 희대의 소매치기이자 열차털이 도둑이었다는 사실만으로도 사람들의 호기심을 자극했다. 그리고 에구치의 범죄의 그늘에는 부자에 대한 원한과 복수를 하고자 하는 마음으로 도둑질을 계속해왔다는 일류의 범죄 신념이 있었다.

그가 자백하는 내용에 따르면 다음과 같다. 그는 원래 사가현 호농의 집에 태어나서 아버지는 소학교 교장, 큰 형은 중학교의 교원으로 교직에 있었고, 그는 현립 농학교를 졸업한 후에 지방농회(農會)의 기수(技手. 기사(技師) 아래 속하던 기술 관리의 일종)로 근무하고 있었다. 1934년에 조선총독부 농림국에 농촌진흥 사무를 맡는 촉탁으로 취직하여, 월급 백삼십 원을 받아 생활에는 아무런 어려움이 없었다. 조선총독부로 이직하면서 지방 호농의 딸인 유키에(25세)를 아내로 맞이했다. 하지만 부인이 결혼 전에 이미 처녀로서의 순결을 잃었다는 것이 그의 성격에 있어 평생 지울 수 없는 오점을 남겼다. 호농의 딸이기 때문에 지참금으로 과거의 비밀을 덮고 시집을 온 것이다. 부자야말로 증오의 대상이라는 신념을 갖고 유일한 보복 수단으로 부자들의 돈을 갈취하는 것을 택하여, 오개년 계획을 세워서 복수를 하고 있었던 것이라고 한다. 이렇게 묘한 복수도 있는 법이다. 또한 묘한 이유로 도둑을 목표로 삼기도 한다. 그것이 진실이라면 이미 그의 비상식을 얘기하기에 충분한 이유가 된다.

에구치는 관리로 근무할 때에도 매우 성실한 남자로 동료들과의 교제도 평범했는데, 그다지 친밀해지지는 않지만 여자를 밝히지도 않고 술도 별로 마시지 않았다. 상사를 수행해서 만주에 출장을 간 적도 있는데 그때도 매우 근면해서 상사는 그를 신용했고, 현금 지급을 맡겼다고 한다. 게다가 조금의 실수가 없었다. 그러나 경성에 돌아왔을 때에는 언제, 어디서 훔쳤는지, 모피와 시계 등을 갖고 돌아왔다고 한다.

기자는 경성부 사쿠라이초에 있는 에구치의 빈 집을 방문했다. 미리 조사해둔 번지로 찾아가 보았는데 눈에 들어오지 않는다. 아무 표찰도 없는 집 한 채를 발견해서 이 집일 것이라고 점찍었다. 집은 이 소형 이 세대 주택으로 집안에는 가재도구라고 할 만한 것은 하나도 없다, 여자용 게타가 현관에 두 켤레 있을 뿐이다. 조금 후 나온 것은 지인이라는 서른 살 정도로 보이는 여자로, 범인 에구치의 아내 유키에 씨는 현재 만삭으로 자리에 누워있기 때문에 만날 수 없다고 했다.

가재도구의 대부분이 절도품이라서 모두 압수되었기 때문에 아무것도 남아 있지 않은 것이다. 근처의 평판으로는 부부 사이는 좋은 것으로 보였다고 한다. 생활 상태에 있어서도 특별히 사치스러워 보이는 점도 없었다고 하며, 집세도 삼십오 원 정도, 이웃과의 교제에도 문제가 없었다. 단지, 취사도구까지도 절도품이라면 과연 부인이 이런 사실을 몰랐을까, 하는 의문이 남는다. 에구치가 현재 자백한 것만으로도 절도한 금액은 사천 원에 달하며, 전부 합산하면 이만 원을 넘을 것이라고 한다. 현재 조선은행에 육천여 원의 예금이 있다. 가난 때문에 저지른 절도가 아니다. 살기 위해 어쩔 수 없이 저지른 범죄가 아니다. 요컨대 남의 눈을 속이고 금품을 절취하는 것에 흥미를 가진 변태심리의 소유자가 아닐까.

호색심에 유부녀와 밀통하여 고소당한 금융조합 이사

예로부터 이쪽 일만은 아무도 모른다고 말들을 하는데, 바로 그 표본이 된 남자가 있다. 경성 시내 모 금융조합 이사로 열 명 내외의 사무원을 고용하고 서민 금융을 관리하는 중년 남성이 그곳에 고용된 여사무원과 내연의 관계에 있었다. 여자는 모 회사 사원 부인으로, 생활에 보탬이 되고자 조합 사무원으로 일하고 있었다. 남편은 일 때문에 출장이 매우 잦았고 이로 인한 외로움 때문에 여자가 먼저 시작한 건지, 아니면 상사로서의 지위를 이용하여 이사가 먼저 그녀에게 다가간 건지는 분명하지 않지만, 두 사람은 정도를 벗어난 애욕에 취해 있었다. 남편만 이를 모르는 상태도 언제까지나 계속되지는 않았다. 눈치를 챈 남편이 어느 날 출장을 가는 척하고 현장을 덮쳤다. 여자는 남편의 얼굴을 마주할 면목이 없었는지 고향으로 도망쳤다. 남편은 더욱 분개했고 이사를 상대로 고소를 하기에 이르렀다. 그 후 고소사건의 결말이 어떻게 되었는지는 모르지만, 여자에게, 그것도 남편이 있는 여자에게 빠져서 망신을 당한 것만으로 그치지 않고 결국에는 그의 사회적 지위까지도 추락했다. 이러한 사랑은 골칫거리이며 값비싼 애욕의 유희였다. 세간의 호색한들은 처신을 신중히 해야 할 것이다.

원인을 납득하기 어려운 미사카(三坂)길 남편 살인 사건 후일담

작년 7월 경성부 미사카 길 남편 살인 사건으로, 한 여름 밤의 엽기적인 사건으로 이목을 집중시킨 다케우치 마스코(竹內滿壽子)

의 살인 사건은 여러 번의 공판을 걸쳐, 결국 정신 감정을 받기까지에 이르렀다. 경성제대 구보(久保) 박사에 의해, 아무런 정신 이상 증상이 확인되지 않았다는 감정 결과가 나왔고, 공판에서는 징역 팔 년이 구형되었다. 자신이 사랑하는 남편을 살해한다니 드물게 잔인하다고 할까, 격분하기 쉬운 불같은 성격의 여자다. 사건의 원인은, 내지로 돌아가 갑갑하게 시어머니를 모시게 될 것이 싫어서 저지른 범행이라고 하니 한 층 더 그 심리상태가 의심스럽다. 어쨌든 그녀의 심리상태에 대해서는 많은 연구가 필요할 것으로 보인다.

변호인의 변호에서는 마스코가 사건 당시 임신중이었기 때문에 정상적인 판단을 할 수 없었다는 점, 또 그 가정생활이 경제적으로 안정되지 못해 계속 불안정한 상태였다는 점을 역설하며 관대한 처분을 요청했다. 하지만 검사는 범행의 동기는 차제하고, 사회적으로 큰 영향을 미친다는 점에서 징역 팔 년을 구형했다. 이 구형은 너무 관대했다는 불만이 많다.

*『朝鮮及滿州』 第375号, 1939.2

재조일본인 잡지가 그린 식민지와 범죄

어둠의 경성

초판 1쇄 발행 2015년 6월 26일

엮고 옮긴이 이선윤 신주혜

펴낸이 이대현
편집 권분옥 이소희 오정대 이태곤 문선희 박지인
디자인 이홍주 안혜진 | **마케팅** 박태훈 안현진
펴낸곳 도서출판 역락 | **등록** 303-2002-000014호(등록일 1999년 4월 19일)
주소 서울시 서초구 동광로46길 6-6(반포4동 577-25) 문창빌딩 2층(우137-807)
전화 02-3409-2058(영업부), 2060(편집부) | **팩시밀리** 02-3409-2059
이메일 youkrack@hanmail.net
역락블로그 http://blog.naver.com/youkrack3888

ISBN 979-11-5686-197-3 03830
정 가 10,000원

* 이 도서의 국립중앙도서관 출판예정도서목록(CIP)은 서지정보유통지원시스템 홈페이지(http://seoji.nl.go.kr)와 국가자료공동목록시스템(http://www.nl.go.kr/kolisnet)에서 이용하실 수 있습니다.(CIP제어번호: CIP2015016943)